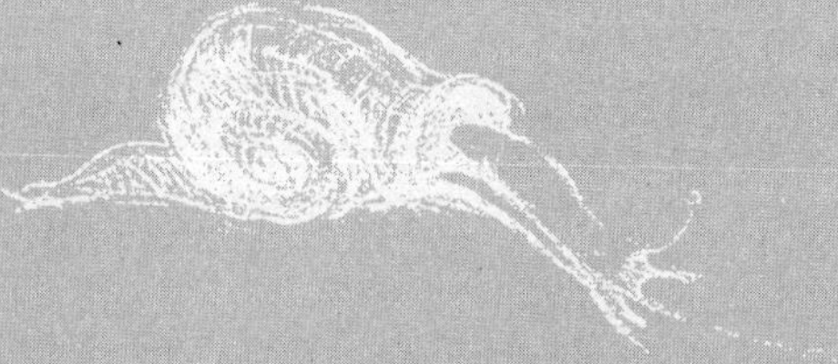

Histoires Naturelles

動物私密語

朱爾・勒納爾（*Jules Renard*）◎著
李毓昭◎譯

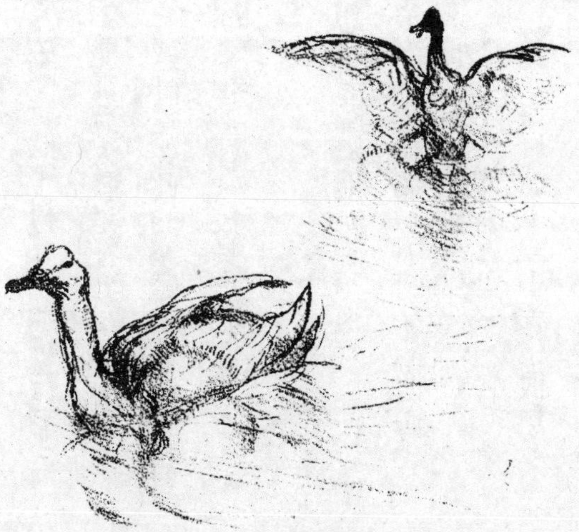

晨星出版

譯者推薦序

朱爾·勒納爾在一八六四年二月二十二日出生於法國一個小村莊。他排行老么，家境雖然不錯，卻有個喋喋不休的母親，經常不是在罵人就是在發牢騷，父親因而鬱鬱寡歡，不愛說話，只以打獵來排遣心情。或許是如此的家庭環境促成了勒納爾的內向性格，不過他天質聰穎，在學校的成績相當好，校長推薦他去考師範學校，父母便送他去巴黎念高中，準備報考名校。

一八八一年十月他到了巴黎，高中成績卻不甚理想，老師給他的評語很差，他心灰意冷，決定放棄當老師，但是以作家爲業的念頭卻開始在他心中萌芽。他繼續留在巴黎，一方面打工當家教，一方面努力創作，同時大量閱讀雨果、波特萊爾等詩人的作品，對當時流行的福樓拜、莫泊桑等寫實與自然主義小說也很熱衷。爲了打入文藝圈，他經常前往文人匯集的咖啡廳，結交記者與文人。他所寫的浪漫詩曾獲女演員公開朗讀，才華稍獲肯定，但生活依舊清苦。

一八八八年他與瑪莉結婚，從此在妻子的娘家定居，沒有搬過家。瑪莉具有內斂而沉靜的特質，是極為理想的生活伴侶，能夠緩解勒納爾的神經質。而勒納爾有了賢妻之後，更能夠專心投注於文學的志業。

勒納爾在結婚那一年出版了小說《鄉村的犯罪》，內容受到自然主義的影響，講求故事的推演與進展。但是他逐漸對這樣的手法感到厭倦，開始形成以觀察為基礎，簡潔地描寫人生的寫作特色。他曾在日記中寫道：「那個人尚未去觀察事物，所以喜歡誇張。」有了觀察之眼，就不需要加油添醋了。

一八八九年他創刊一本象徵派雜誌，在其中發表評論與短文，名聲逐漸在文藝圈中傳開，各家報紙與雜誌也開始刊登這位新進作家的作品。此後幾年，他陸續出版了小說《無根蔓草》、《廢話》、《紅蘿蔔鬚》、《葡萄田種葡萄》，一八九五年開始撰寫日後收錄為《動物私密語》的短文。

勒納爾向來厭惡虛偽不實，對文學也是秉持著不作假的原則，將華麗的詞藻、誇張的形容和曲折的情節完全摒除。他說：「眞實並非總是藝術，可是眞實與藝術有幾個接觸點。這是我一直在搜尋的。」如同他最受稱道的傑作《紅蘿蔔鬚》，裡面的主角是個又醜又髒的小男孩，而且殘忍粗魯，大不同於一般作品中如天使一般可愛的小孩。再如本書《動物私密語》，也是只有寫實的描繪，沒有任何虛飾或誇張。他曾表示，「巴爾札克讓農民說了太多話」，「連莫泊桑也沒有充分觀察，他的現實是想像的。」基於這樣的想法，他不喜歡設計情節。和《紅蘿蔔鬚》一樣，《動物私密語》也是長年累積而匯整而成的短篇集，沒有一定的情節。他運用這種手法，在法國文壇開拓獨特的文學領域。

一八九六年勒納爾在蕭莫村租了一棟別墅，每年都會帶著家人在那裡住幾個月，《動物私密語》裡面的部分材料就是在那裡的田園中收集的。此時他在巴黎的名聲越來越響亮，有多部作品被搬上舞臺，成爲一流的劇作家。不過他的劇本並沒有熱情奔放的愛情或曲折離奇的悲劇，只有發生在凡人身上的尋常現實。即使是在舞臺上，他也不願意違背眞實。

一九〇〇年之後，勒納爾開始從政。他當上蕭莫村的村代表，後來被選爲父親曾擔任過的希特里村村長，任期一直到死亡爲止。他非常忠於職責，關心農民，主張社會主義，對抗僧侶與貴族不遺餘力，屢次因爲過於激進，而讓妻子憂心不已。到了一九〇七年，他的文名更受推崇，被選爲龔固爾學院的院士。

然而，多年來勒納爾的家族卻始終籠罩著烏雲。先是他的父親因爲久病不癒，而於一八九七年在希特里的家中用獵槍自殺，接著是他哥哥在一九○○年死去，九年後母親居然跌落住家附近的水井溺死。朱爾原本要移居希特里村，卻在母親死後的隔年開始出現頭痛、腹痛、動脈硬化等症狀，過了幾個月，就於一九一○年的五月二十二日，以四十六歲的盛年去逝。

勒納爾的寫作偏離傳統，他注重的不是「應該寫什麼？」而是「應該怎麼表現？」他的用詞精確樸實，文筆簡潔明快，字裡行間充滿著眞誠與省思。《動物私密語》出版於一八九六年，勒納爾憑著在鄉野與巴黎的動物園所做的觀察，用文字將動物描畫得栩栩如生。他以「形象的獵人」自居，用眼睛當網子，捕捉各種各樣的生物和景色，包括貓、鼠、狗、雞、鳥、蟲、魚，甚至不討喜的蟑螂與蛇，以及花草樹木；時而滑稽突梯，充滿著童趣，時而柔美抒情，流露出對自然萬物的柔情，也令讀者隱約感覺到生態學者仍在努力推廣的人與動物共生共存的精神。

早在那個時代，勒納爾就有眾生平等的概念，無法苟同一般人所認爲的天鵝比鵝優雅、馬比驢子高尚的想法。所以在〈天鵝〉那一篇中，即使是姿態優雅的天鵝也不能脫離現實，必須吞食爛泥裡的蚯蚓。而對於當時習以爲常的狩獵殺生，他雖然生動地描寫追蹤打獵的過程，卻又不時地在字裡行間表示內疚與懺悔，坦白地道出想要享受生活樂趣又不忍見到動物痛苦的矛盾心理。

他深愛故鄉的大自然，曾經說：「神創造了大自然，技術精湛至極，創造人類卻失敗了。」他尤其喜愛樹木，渴望成爲樹木的一分子，連被鳥誤認爲樹都令他喜不自勝。而他在這本作品中，最令人印象深刻的技巧，或許就是擬人的比喻了。譬如日日等待新娘的孔雀、到處去當家教的黃鼠狼，還有像是把蝴蝶形容爲折成兩半的情書、螞蟻長得像數字三、蝙蝠來自於破碎的夜幕，再再引人泛起會心的微笑。

一八九六年《動物私密語》初版時，只收錄了四十五篇，後來在一八九九年配上圖魯斯．洛特雷克的插畫重新出版。一九〇四年更增補了七十篇，此後又陸續增加。本書是最後編集出的完整版。

「問題不在於成爲第一人，而是在於成爲獨樹一格的人。」誠如勒納爾在日記中所寫的，他確實能夠忠於自己的理念，根據敏銳的觀察力，運用簡樸而洗練的文字，在法國文壇中獨樹一格，堪稱爲十九世紀的重要作家。

【目次】

形象的獵人

他一大早就從床上跳起來走出門。只有在頭腦清楚，心頭清朗，身體像夏衣一般輕爽時，他才會這樣。他並沒有特別準備吃食。在路上，他飲入新鮮的空氣，嚮著鼻子吸進健康的香味。他把獵具留在家裡，只要張著眼睛就行了。眼睛成了網子的替代品，物體的形象會自己困在裡面。

首先網住的是道路的形象。這條路夾在林木與結了很多桑椹的籬笆之間，露出一堆或許可說是其骨頭的光滑小石子，以及破裂血管似的車轍。

其次網住的是小河的形象。小河轉彎的地方總是冒著白色的泡沫，在柳葉的愛撫中沉睡。一有魚翻轉肚皮，河水就像有人扔下銀幣一般閃閃發光，而一旦下起細雨，雞皮疙瘩就會起來。

他又陸續捕捉到隨風搖擺的麥田、看起來很美味的苜蓿，以及用小河鑲邊的牧場等等景物的形象。他還在路邊捉住了雲雀、金翅雀飛翔的模樣。

接下來，他走進森林。沒想到自己有如此纖細的感覺，馬上有各種各樣的香味漫入體內，再怎麼低沉的響聲，也逃不過他的耳朵。而且，為了與四周的樹木交心，他的神經和樹葉的葉脈都結合在一起了。

不久之後，感動越來越強烈，他變得心浮氣躁。注意到太多事了，他的心發生騷動，開始害怕。他於是走出樹林，遠遠跟在要回村子的樵夫後面。

在森林外面，他用些許的時間凝望落日，看得眼睛都要瞎了。太陽正在地平線上脫去紛亂雜陳的燦爛雲裳，即將沉落。

最後他帶著滿腦子景物的形象回到家裡，熄掉房間的燈。在睡著之前有一段長時間，他愉快地細數到手的形象。

每一回憶，景物的形象就會乖乖地甦醒。一個又一個地喚起其他的形象，燐光般閃爍的諸多形象源源不斷地加進新血輪。如同一群整天被獵人追逐而七零八落的鷓鴣，好不容易在傍晚脫了險，而一邊啼叫，一邊發出在壟溝集合的訊號。

母雞

幫她打開門，她就立刻併著雙腳，從雞棚跳下來。
這是隻裝扮樸實的普通母雞，絕不會生下金蛋什麼的。
外面的光線非常刺眼，她踩著猶豫不決的步伐，在院子裡走了兩、三步。
首先看到的是灰堆。她每天早上都要在這裡跳來跳去，排遣心情。
她在灰中翻滾，泡在灰裡面，鼓起翅膀，劇烈地拍了一下，甩掉昨夜的蝨子。
然後，她走向被之前的驟雨蓄滿的深盤子那裡，喝起水來。
她的飲料只有水。
一小口一小口地喝著，不時豎著脖子，同時在盤子的邊緣靈巧地平衡身子。
喝完以後，她開始尋找四周遍布的食物。
調味蔬菜是屬於她的。各種昆蟲和掉落的穀粒也是。
啄呀啄的，不知疲倦。
有時候她會停下來。

這隻母雞戴著紅色的佛里幾亞帽（註1），站得直挺挺的，露出銳利的眼神，胸飾頗為相配。她輪流使用兩邊的耳朵，傾聽四方。

確定沒有什麼異狀之後，她又開始覓食。

她高高舉起僵硬的腳，好像患有痛風的病人，腳趾張開，謹慎地踩在地面上，以免發出聲音。

簡直就像人赤著腳走路。

註1：前端摺起的圓錐形帽子，源自古希臘，十八世紀時被視為自由的象徵。

Coqs

公雞

1

這隻雞不曾啼叫過一聲。他連一個晚上也沒有在雞棚睡過，一次也沒有和母雞相好過。

他的身體是木頭做的，肚子正中間長著一隻鐵腳。早在很久以前，他就住在一棟現今不會再有人想要建造的古老教堂頂上。這棟建築就像個倉庫，屋脊瓦排列得跟牛背一樣筆直。

可是，看吧，有幾名石匠在教堂另一邊出現了。

木頭公雞望著那些人。忽然吹來一陣風，硬是讓他轉過身去。

然後，每次他回轉過身，就會看到有新的石頭砌了起來，一點一點地遮住他的視野。

不久，他驀地抬頭一看，終於完工的鐘樓尖頂上，端坐著一隻早上還不存在的年輕公雞。這個陌生傢伙高翹著尾巴，跟正在啼叫的眞雞一樣張著嘴巴，一邊的翅膀還搭在腰上，渾身簇新，在陽光下閃閃發光。

兩隻公雞先是比賽誰轉得比較快。老舊的木頭公雞很快就精疲力盡，甘拜下風。單腳下的屋樑似乎隨時都會坍塌。他的身子往前傾，極力支撐，差點就要倒下，嘎吱響了一聲，才停了下來。

然後，一群木匠出現了。

他們拆除教堂被蟲蛀過的部分，把公雞取下，把他當成展示品，在村子裡遊行。只要給個東西，就可以摸摸公雞。

有人給了個蛋，也有人給了個銅板。羅利歐太太則是慷慨地掏出一枚銀幣。

這群木匠大口喝著酒，搶著要那隻公雞之後，決定燒掉他。

他們用乾草、柴薪爲這隻雞做了個窩，然後點上火。

木頭公雞冒出明亮火焰，熊熊地燃燒，火焰升上空中。這隻雞無疑升了天了。

2

每天早上一從棲息的樹上跳下，這隻公雞就會去注意那邊，暗想著那小子是否還在。——對方果然還在那裡。

公雞可以自豪地說，他打敗了地上所有的競爭對手。——可是，那傢伙卻在他搆不著的地方，是個所向無敵的對手。

公雞一聲又一聲地大叫，呼喚、挑戰、威嚇。——可是對方必然要到一定的時刻才會回答。而且，重點是他並不是在回答。

公雞為了彰顯男性氣概，鼓起了羽毛。羽毛的非常美麗，有藍色，也有銀色。——可是對方在青空的正中央閃著耀眼的金色。

公雞把自己的母雞全部叫過來，帶頭走過去。看吧，她們都是這隻公雞的。每一隻都愛他，怕他。——可是，對方卻受到燕子們的崇拜。

公雞不吝惜地到處施捨愛，將愛的逗號打在母雞身上，每次解決了一點點阻礙，就要尖聲高唱凱歌。——就在這當兒，對方卻為了迎娶新娘，而讓村裡的婚禮鐘樂響徹雲霄。

公雞嫉妒極了，以洶洶的氣勢進行最後的決戰。尾巴彷彿是被劍撩起的外套下襬，雞冠漲滿了血，向住在空中的公雞宣戰。──可是對方連暴風雨也勇於對抗，這時正在與微風鬧著玩，掉轉過身。

因爲這樣，公雞一直到傍晚都很煩躁。

他的母雞都一隻隻回到雞棚了。唯有他孤零零的，聲音啞了，身體也疲倦不堪，卻還留在已經暗下來的院子裡。──可是，在落日最後一道光的照射下，對方還在發亮，以清澈的聲音唱著詳和的晚禱。

Canards

鴨子

1

先是母鴨蹣蹣跚跚地走著，去她熟悉的水塘覓食。

公鴨在後面跟著，兩個翅膀尖疊在背上。這傢伙走路也是蹣蹣跚跚地。

母鴨和公鴨走路時都悶不作聲，好像要去談生意似的。

先是母鴨滑進了泥水中。水面上漂浮著羽毛、鳥糞、一片葡萄葉、草屑等東西，幾乎看不到母鴨。

母鴨在等待。她準備好了。

不久，公鴨進來了。絢爛的色彩沉進水中，只看得見他綠色的頭和屁股上可愛的捲毛。兩隻在那裡的心情都很愉快。水很溫暖。從來沒有人來這裡汲水，也只有下大雨的日子才會換水。

公鴨用他扁扁的嘴輕咬幾次母鴨的頸子，隨即夾緊，身體劇烈搖晃了一會兒。

水本來就很混濁，幾乎不生波紋，而且很快就平靜下來。水面上黑黝黝地映出晴空的一角。

母鴨和公鴨已經都不動了。在太陽的烘烤下酣睡。如果有人從旁邊經過，一定不會注意到。偶爾會冒出幾個水泡在污濁的水面上破裂，唯有在這時才會知道這兩隻鴨子的存在。

2

兩隻都在關起的門前睡覺。身體互相倚偎，在地面上癱平，好像來探病的隔壁女人併攏的木靴（註1）。

註1：法國鄉民常穿木靴，進家門時會在門口脫掉。

Dindes

母火雞

1

她在院子中間驕傲地走動，彷彿帝制時代的官吏。其他家禽時時刻刻都在吃，什麼都不在乎。可是這隻鳥除了在固定時間吃食以外，只顧著顯出美麗的姿態。她全身的羽毛都上了漿，還用翅膀尖在地上畫線，彷彿要先畫下行走的路徑。她總是順著這條線往前走，從不會走偏。

她身體挺得直直的，根本看不到自己的腳。

她對任何人都不懷疑。我走到她旁邊時，她還以為我是來向她致敬的。太自以為是了，還咕咕叫出聲。

我對她說：「高貴的火雞小姐，如果妳是鵝，我就可以用妳一根羽毛，像布風（註1）那樣，寫下對妳的讚辭。可是很遺憾，妳不過是隻火雞（註2）……。」

這話一定惹惱了她，血液衝上她的腦袋，氣憤的囊袋垂在她的嘴下。她突然漲紅臉，生起氣來。這個孤僻的婆娘啪地張開扇子似的尾巴，旋身背對著我。

2

街道上，又有一群火雞學校的寄宿生。

每天，不論天氣怎麼樣，她們都會出來散步。

就算下雨也不在乎。沒有人會比火雞更巧妙地拎起裙襬。就算是大太陽也無所謂，火雞絕對不會不帶陽傘出門的。

註1：法國博物學者（1707~1788），著有《博物誌》，以多采多姿的文筆描寫動物的生態。

註2：火雞在法語中也有「笨女人」的意思。

La Pintade

珠雞

這是住在我家院子，背上長著腫塊的鳥。由於身上有腫塊，動不動就要打架。

母雞其實什麼話都沒有說，她卻會忽然撲過來，執拗地加以攻擊。

然後她會垂下頭，身體前彎，瘦削的雙腿衝上前去，用她堅硬的嘴，對著火雞伸展成圓形的翅膀正中間啄過去。

這裝腔作勢的傢伙太令她看不順眼了。

這隻腦袋染成青色，肉垂顫動、喜歡軍隊的鳥就像這樣，從早到晚都怒氣沖天，無緣無故地找碴挑釁。或許是因爲她經常覺得大家在取笑她的身材、禿頭，或是長在底下的尾巴。

而且，這隻鳥還會不停地發出宛如刀尖劃開空氣似的刺耳叫聲。

有時她還會離開院子，失去蹤影。幸虧這樣，溫馴的家禽才得以暫喘一口氣。

可是，她回來之後卻會更加地吵鬧偏執，而且會瘋了似的在地上打滾。

究竟是怎麼了？

這隻陰險的鳥在耍弄我們哩。
原來她去野地下了蛋了。
如果你想要散散心，不妨去找找看。
這隻鳥仍然像個背上有腫塊的女人，在塵土中歡快地打著滾。

鵝

蒂恩奈特和村裡其他的女孩一樣，都很想去巴黎。可是這女孩恐怕連看鵝都做不好吧？

老實說，與其說她是在趕鵝，不如說是跟在後面走。她只是機械性地走在鵝群後面，把一切都交給那和成年人一樣懂事的土魯斯鵝照管。

土魯斯鵝會認路，也會分辨好吃的草和回家的時刻。

有惡狗攻擊時，她會保護妹妹，勇敢得連公鵝也比不上。她的脖子會劇烈地抖動，貼在地上像蛇一樣扭曲，然後突然豎起。這番氣勢把蒂恩奈特嚇得驚慌失措。可是一等到沒事了，這隻鵝就會洋洋得意地哼歌，好像在說，要不是我，這事情誰能順利擺平呢！

這隻鵝深信，只要她願意，再難的事情她也做得到。

於是有天傍晚，這隻鵝離開了村子。她的嘴逆著風，羽毛貼著緊緊的，在街道上逐漸遠去。錯肩而過的女人都沒有勇氣阻止這隻鵝，因爲她走路的速度快得可怕。

正當留在村裡的蒂恩奈特只會發愣，和鵝一樣（註1）不知所措時，土魯斯鵝已經來到了巴黎。

註1：在法語中，「鵝」這個字有「呆子」的意思。

Les Pigeons

鴿子

1

即使在屋頂上發出布製鼓一般的低沉啼聲；即使從陰暗的地方出來翻筋斗，在陽光下閃爍，然後又回到陰暗的所在；即使頸子可以快速變色，如戴在指頭上的貓眼石一般時而鮮明，時而消失；即使夜晚在森林中擠在一起睡覺，讓槲樹梢的枝枒因爲整群彩色的果實重量而幾乎斷裂；即使那邊的兩隻本來要熱烈地交換愛的招呼，卻突然纏住對方，身體打著哆嗦；即使這裡的一隻從被派遣的地方帶著信件，像遠方心愛女友的思念一樣飛回來，（啊！這是遠方那女人的愛的憑據！）這麼做的鴿子起初看起來確實很有意思，可是不久就會讓人覺得無聊。

要他們在一個地方靜下來似乎是不可能的，就算飛來飛去，去各地旅行，對他們也沒有一點幫助。

他們的腦袋瓜子一輩子都有所不足，頑固地以爲用嘴巴就可以生出小孩。

而最讓人受不了的是，他那喉嚨總是卡著什麼東西的，代代傳下來的古怪毛病。

2

兩隻鴿子在說話。

「過來這裡，蒙咕囉（註1）……過來這裡，蒙咕囉……過來，咕囉……」

註1：mon grros意思是「我親愛的人」，兼模擬鴿子的叫聲。

Le Paon

孔雀

今天一定會舉行婚禮吧。

本來昨天就應該舉行的。他穿著禮服，一直在等待。只要新娘子來就可以進行了。可是，新娘沒有來。不過今天應該會來吧。

他自豪地踩著印度王子般的步伐散步，隨身帶著依例要獻給新娘的漂亮禮物。

愛情使他羽毛的顏色更加艷麗，冠毛則像豎琴般微微顫動。

新娘沒有來。

他爬到屋頂上，定睛看著太陽，隨即迸出惡魔般的驚人啼聲。

「雷昂！雷昂！」（註1）

他就像這樣子呼叫新娘。誰也沒有來，也沒有誰予以回應。院子裡的鳥兒已經司空見慣，連頭都不抬了。對於欣賞孔雀這件事，牠們已經膩死了。孔雀回到院子裡。因爲非常相信自己是個美男子，所以一點也不生氣。

婚禮可以挪到明天。

他不知道今天剩下的時間要怎麼打發，於是走到門前的階梯，好像在爬神殿的階梯般，以拘謹的腳步靜靜地拾級而上。

他撩起長長的袍子下襬。這件袍子因爲有許多眼睛盯住不放，因此非常沉重。

他再一次排練了婚禮。

註1：模擬孔雀的叫聲。「雷昂」是男性的名字，用來叫新娘給人滑稽的感覺。

Le Cygne

天鵝

彷彿白色的雪橇，從雲與雲之間滑過泉水面。因爲只有在水中生長、浮動、消失的雲朵才會勾起天鵝的食慾。牠想吃一片雲，就用嘴對準了，裹著雪衣的白頸子陡然伸入水中。

不久，宛如女人從袖子裡露出的手臂，頸子輕快地伸出水面。什麼都沒有捉到。

天鵝凝望著。雲兒們惶惶不安，不知在哪裡消失了蹤影。

可是，天鵝從夢中醒來只是片刻的時間而已，因爲雲兒們很快就回來了。看吧！那裡，就在漣漪消止的地方，又出現了一朵雲。

天鵝乘著輕柔的羽毛墊，靜靜地划了過去……

他爲了捕捉不存在的雲朵而竭盡心力，也許還沒有捉到一小片雲，就會爲這個妄想犧牲，陪掉一條命。

可是，我幹嘛胡言亂語呀？

每次潛入水中，他都會用嘴巴在營養豐富的爛泥中搜尋，而銜起一隻蚯蚓。
他跟鵝一樣越來越胖。

Le Chien

狗

像這種天氣，可不能把阿尖趕到外頭去。風呼呼地吹進門下的隙縫，狗連踏墊都待不住。他到處尋找比較舒服的地方，把可愛的頭伸進我們的坐椅之間。可是，我們卻肘與肘挨得緊緊的，身體傾向暖爐的火上方。這時我給了阿尖一個巴掌，父親用腳踢開他，母親斥罵他。姊姊也用空杯子打狗的嘴巴。

阿尖打了個噴嚏，跑去空無一人的廚房看看。

不久他又跑回來，想要擠進家人的圈子，雖然被夾在膝蓋與膝蓋之間，有可能窒息而死。他終於來到暖爐的一角。

他在那裡磨磨蹭蹭了好一會兒，才在柴薪架的旁邊坐下，然後就靜止不動了。由於他用非常溫柔的眼神看著主人們，大家才放他一馬。只是燒紅的柴薪架和暖爐掉落的灰燼把狗的屁股燒焦了。

然而，他還是動也不動。

大家都讓路給他。

「喂，去那邊！怎麼這麼笨啊！」

可是他堅持不動。正當流浪狗凍得牙齒發顫時，阿尖卻熱呼呼地，毛焦成褐色，還燒著了屁股。他克制著想要嚎叫的衝動，眼中噙滿了淚水，露出苦笑。

兩隻狗

兩隻狗在那裡，在運河的另一邊交尾。從葛洛麗葉（註1）和我所坐的凳子上，就算不喜歡也不得不看到。那交尾的情景既滑稽又痛苦，雙方遲遲不分開。這時庫索爾來了。他正好領著羊群穿過運河，還拖著一根準備冬天取暖用的木柴。他發現兩隻狗之中有一隻是他的，就抓住牠的項圈，不慌不忙地把木柴打在另一隻狗的身上。

兩隻狗還是不分開，庫索爾站在羊群中間，不得不更用力地揍那隻狗。狗雖然發出哀嚎，卻無法掙脫。我聽到木柴多次打在背骨上的聲音。

「哎，好可憐！」葛洛麗葉臉色發青地說。

「那是這裡的作法。」我說，「庫索爾沒有把兩隻狗扔進運河就夠奇怪的了。

水可以讓牠們早點分開。」

「好差勁的人呀！」葛洛麗葉說。

「怎麼會！庫索爾是個溫和、能幹的男人。」

葛洛麗葉強忍著不出聲大叫。我和她一樣心裡難受。可是我很習慣這種事了。

「快叫他住手！」葛洛麗葉說。

「太遠了，他聽不見。」

「站起來，用手勢告訴他！」

「他如果聽到我的話，大概也不會生氣，還會回答我，狗就是要這樣處置。」

葛洛麗葉張著嘴，一臉鐵青地看著。庫索爾依然在捶打精疲力盡的狗。

「眞是差勁！我要走了。」葛洛麗葉覺得很難堪。「你如果對那個差勁人多生點氣就好了！」

我不明究理，正想這麼回答：「那又不是我們村子的事！」在這當兒，兩隻狗遭到差點被撲殺的最後一擊，總算分開了。庫索爾做完該做的事，就趕著羊群回村子。恢復自由的狗一時之間仍靠在一起，好像還受到那片記憶的牽絆，難爲情似的兜著圈子。

註1：勒納爾給妻子取的外號。

呆呆的死

他是我女兒養的小長鬈毛獵犬，我們都很寵愛他。

他不論在哪裡都很懂得要把身體捲得圓圓的，連在桌子上睡覺時，也顯得好像睡在巢穴裡面。

他知道我們不喜歡他用舌頭舔我們，現在只會用腳輕碰臉頰。我們只要注意不要被他傷到眼睛就好了。

他很會笑。我們有很長一短時間都以爲那是他打噴嚏的方式，其實他是在笑。

他從沒有嚐過深沉的哀傷，卻會掉眼淚。也就是說，眼角蓄著一顆清澈的淚水，用喉嚨哀鳴。

他曾經在迷路時，獨自走回家。因爲太厲害了，我們不僅高興得大叫，還對他表示了若干敬意。

當然，我們再怎麼教，狗也不會講話。「你說一點點話看看嘛！」女兒怎麼說都沒用。

狗這邊只會嚇得抖著身體，一直盯著女兒，搖著尾巴，做出各種動作。嘴巴張著，但是沒有吠叫。他知道女兒期待的是比吠叫還高尚的事情。話已經在心中形成，很快就要升到口舌，也許總有一天會用嘴巴說出來。可是，他的年紀還不到！

一個沒有月亮的晚上，呆呆跑到草原上，在路邊尋找朋友時，有隻來歷不明，應該是屬於盜獵者的大狗突然衝向如絲團般柔弱的呆呆，緊咬住他用力一甩，就扔下他逃之夭夭。

啊！女兒多麼想要逮到這隻猙獰的狗，咬住他的喉嚨，按在地上的塵土中，讓他一命嗚呼！

傷口雖然治好了，卻使呆呆產生一種悲慘的毛病。

他開始會隨地小便。在外面他很高興不會給我們添麻煩，像幫浦一樣全部排出來，可是一回到家裡，沒有多久他就忍耐不住。大家一背對他，他就把背靠在家具的腳下。這時女兒就會發出單調的告急聲：「海棉！水！硫磺（註1）！」

大家都很生氣，以可怕的聲音責怪呆呆，用暴烈的動作假裝要打他。狗就會以慧黠的眼神回答我們：「我明白，可是我到底該怎麼辦呢？」

他依然嬌美可愛，可是經常好像被盜獵者的犬牙咬住背骨一樣駝著背。

漸漸的，他身上的尿騷味越來越濃，連非常遲鈍的人也開始這麼說了。

「就算是小姐也會漸漸不再同情吧！」

「非把呆呆處理掉不可。」

方法很簡單。把一小口肉塊切開，摻進兩種粉末，一種是氰化鉀，另一種是酒石酸，再用極細的線把開口縫起來。先若無其事地給他吃無害的肉，再餵他吃眞的那一塊。肉在胃裡面消化時，兩種粉末會發生反應，形成氰化氫，也就是氰酸，馬上會讓動物沒命。

究竟是我們之間的誰給他吃肉，我已經不願意去想了。

呆呆乖巧地躺在籃子裡等著。我們也在等著。彷彿疲憊萬分，癱倒在椅子上，在隔壁的房間靜耳傾聽。

十五分鐘，三十分鐘過去了。有誰輕聲說道：「我去看看。」

「再等五分鐘！」

我們的耳朵裡有聲音。一隻狗，那隻盜獵者的狗是不是在嚎叫呢？終於我們之間最有勇氣的男生走開了，但是一下子就回來，變了一個人似的說：「解決了！」

女兒在床上低頭啜泣。好像非常想哈哈大笑，笑得非常暢快似的，隱忍不住而抽噎起來。

她把臉埋在枕頭上，不斷重複說：「我今天早上不喝可可！」

面對著提起婚事的母親，她喃喃聲說著，我要當老小姐給妳看。

其他人也都挑了適當時機，不落人後地流下淚水。每個人都在哭，一有人哭出聲，旁邊的人就會跟著哭，大家的心情都一樣。

每個人都跟女兒說：「妳這傻瓜，又不是什麼大不了的事！」

怎麼不是大不了的事呢？那是動物啊！剛才消失的生命實際上可以活多久，我們並不知道。

因爲覺得羞恥，也爲了不想顯露自己因小狗死掉而亂了分寸，我們想起了死去的許多人、以後可能的失去的人，以及神秘不可解、陰暗冰冷的種種事情。

殺狗的人自言自語地說：「我暗算了他。」

他站起來，決心去看那個犧牲品。我們後來才知道，那人曾吻了一下呆呆溫暖而柔軟的小頭。

「他張著眼睛嗎？」

「嗯，可是眼神黯淡，已經看不見了。」

「他死之前沒有痛苦吧？」

「當然！確實沒有。」

「沒有掙扎嗎？」

「只是把腳伸到籃子邊，好像又要對我們伸出小手一樣。」

註1：硫磺是用來脫臭，也可以使狗不在同樣的地方排尿。

貓

1

我的貓不吃老鼠。這種事他是不愛做的。就算捉到了，也只會當成玩具。百般玩弄之後，就會饒他一命。然後，這隻沒有惡意的傢伙會走到別處，坐在繞成圈的尾巴中間，以拳頭般緊繃的頭開始沉思。

但是，因爲被爪子抓傷，老鼠已經死了。

2

我們都對這隻貓說：「要捉老鼠，不要去捉鳥！」

可是這傢伙實在很難分清楚老鼠和鳥。再怎麼聰明的貓，有時候也會出差錯。

母牛

1

左思右想，想了半天，還是沒給她取出名字。

只是用「母牛」叫她，而這個名字對她是再適合也不過了。

何況這種事根本無關緊要，只要她肯吃東西！

然而，不論是青草還是乾草，蔬菜還是穀類，不，連麵包和鹽她都吃。不論是什麼東西、什麼時間，她都吃得下去。而且她會反芻，每樣東西都要吃兩次。

一看到我，她就會踩著輕巧的碎步跑過來，好像穿著破裂的木鞋，腳皮套著白襪似的綳得緊緊的。她以爲我一定帶了什麼東西要給她吃，那樣子每次都讓我看得入迷，只能跟她說：「喏，給妳品嚐吧！」

可是她吃下去的東西卻沒有變成脂肪，都變成了奶水。時間一到，她就會敞露漲得飽飽的四方形乳房。她一點也不吝息乳汁——有些母牛會。只要稍微握著，四個有彈性的乳頭就會慷慨地噴出乳汁來，把乳房清空。她的腳和尾巴都不動，只有大而柔軟的舌頭會很高興似的在擠乳女孩的背上舔來舔去。

她雖然獨自過活，但因爲食慾旺盛，一點也不無聊，也很少隱約想起之前產下的小牛而頹喪地嗚叫。不僅如此，她還很好客，會抬起額頭上的角，貪吃的嘴角垂下一縷口水和一枝草，熱情地歡迎。

什麼都不怕的男人們會去撫摸她那似乎快漲破的肚子。女人們很驚訝，這麼大的動物竟然如此乖巧，而一邊提防母牛靠過來磨蹭，一邊做著種種幸福的美夢。

2

她喜歡我幫她搔兩角之間的地方。我會稍微後退，因爲她一高興就會靠過來。這溫柔、碩大的傢伙會任我搔弄，而她陶醉了一陣子之後，就會讓我一腳踩進她的糞便裡。

阿褐的死

菲利普把我叫醒，說他半夜醒來仔細聽，牛的氣息很安靜。

可是一早他就開始擔心牛的狀況。

餵了乾草，她卻不吃。

再拿出新鮮的青草，阿褐平常那麼愛吃，現在卻碰也不碰，小牛也不照顧了。

小牛想要喝奶，用變硬的腳站起來時，她就會被小牛的鼻尖給推得搖搖晃晃的。

菲利普將他們分開，把小牛綁在遠離母親的地方。阿褐好像沒有注意到。

菲利普很擔心，我們也就跟著擔心起來。連小孩子都想下床。

獸醫來到，檢查阿褐，把她牽到牛棚外面。阿褐撞到牆壁，被門口的門檻絆倒。她一直要倒下，非得回棚子不可。

「情況相當嚴重。」獸醫說。

我們很害怕，不敢問是什麼毛病。

獸醫懷疑她得了產褥熱。這是會致命的疾病，好的乳牛尤其容易染上。獸醫一一細數那些他曾經醫好而大家都以爲沒救的母牛，同時用毛筆把藥瓶中的液體塗在阿褐的腰部上。

「這有發泡藥的功效。」他說，「我不太知道是用什麼調製的，不過是從巴黎來的。只要沒有傷到腦部，就會自己好起來。如果還是不見效，就要採用冷水療法。用在這畜生身上，無知的農夫會很吃驚。因爲是你我才說出。」

「放手去做吧，醫生。」

阿褐躺在乾草上，還可以支撐自己腦袋的重量，可是已經不反芻了。她摒住呼吸，好像想要更清楚聽到體內發生的事情。

我們用毛毯裹住她的身體，因爲她的角和耳朵都變冷了。

「只要耳朵沒有癱軟垂下，就還有救。」菲利普說。

她兩度嘗試站起來，都不能如願。呼吸非常急促，間隔越來越長。

終於她的頭跌落在左側腹上。

「這下可糟了。」菲利普蹲著，以輕柔的聲音對她說話。

她把頭抬起頭，再放在食槽的邊緣，但是太用力了，碰撞的聲音使得我們

「啊！」地叫出聲來。

爲了避免阿褐撞到東西死掉，我們在她的身體四周堆起乾草。她的脖子和腳都伸長了，就像下驟雨時那樣，伸長四肢躺下來。

獸醫決定給她放血，卻沒有靠得很近。他的醫術不輸給其他醫生，可是聽說他的膽量小了一點。

雖然用木槌敲過，一開始手術刀還是在靜脈上滑開了。於是又用力敲了一下，血就湧進了平常乳汁會滿到邊緣的錫桶裡。

爲了止血，獸醫把鋼針刺進靜脈裡。

接著在似乎比較舒服的阿褐身上，從額頭到尾巴都貼了浸過井水的濕布。布很快就變暖了，所以要經常替換。她連咳嗽也不打。菲利普緊緊握著她的角，不讓她的頭撞到肚子。

阿褐乖乖就範，連動也不動。一點也看不出來她到底是好轉了呢，還是變得更嚴重了。

我們都很難過。可是菲利普的悲傷和動物看到同伴受苦一樣深厚。

他老婆送早餐的湯來時，菲利普就坐在木凳上吃，好像難以下嚥似的，而且沒有吃完。

「完蛋了，」他說：「阿褐的身體腫起來了！」

我們本來並不這麼認爲。可是，菲利普說的沒錯。

眼看著牛的身體越來越腫，一點也消不下去，好像有空氣進到體內就出不來了。

菲利普的老婆問道：

「她死了嗎？」

「妳自己不會看嗎？」菲利普粗暴地說。

他老婆就離開了院子。

「我可不想馬上去找替代的。」菲利普說。

「替代什麼？」

「替代阿褐啊！」

「我要你去的時候去就可以了。」我一副主人的口吻，連自己都很吃驚。

我們盡量認為是在為這件事憤慨，而不是悲傷。而且也開口說出，阿褐已經死了。

傍晚，我遇到在教會敲鐘的男子，雖然很想這麼拜託他，卻不知怎麼的，始終開不了口。

「我給你一百個銅板，我家有個傢伙死了，請幫我打個喪鐘。」

Le Bœuf

公牛

1

今天早上，卡斯托和平常一樣打開門，連顛一下也沒有就走出牛棚。水槽底部有些積水，他慢吞吞地喝下自己的一份，把剩下的留給待會兒會來的波呂克斯。接著，他如同驟雨後的樹木，鼻尖上落下一顆顆的水滴，同時往前走著，溫馴而悠緩地走向平常的地方，進入車軛的下面。

雙角繫在車上，頭動也不動，肚皮打著皺折，尾巴懶洋洋地趕著黑蠅。然後就像女傭拄著掃把打瞌睡似的，一邊等波呂克斯來，一邊嘴巴嚼個不停。

可是，這時院子那邊傳來傭工們忙碌的吆喝、怒罵聲。狗好像來了陌生人一樣的吠叫著。

這是那溫馴的波呂克斯嗎？他生平頭一遭不聽趕牛棒的使喚到處逃竄，撞在卡斯托的側腹上，身上流出汗水，還大發脾氣，雖然已經被套上車子，還想要掙脫兩隻共用的軛。

不，不對，那是別隻牛。

卡斯托覺得對方和平常的情況不太一樣，就停止咀嚼。就在這時，他從眼角瞥見一隻素昧平生的暗濁牛眼。

2

牛群沐浴著夕陽，在牧場中慢吞吞地拉著輕耙子一般的影子。

Le Taureau

種牛

1

釣魚人以輕快的步代走在雍納河的河畔上，同時讓餌線上的青蠅在水面上跳動。

青蠅是在白楊樹幹上捉到的。那棵樹幹已被家畜的身體磨得光光亮亮的。

他隨便拋出釣線，又再任意拉上來。

每次來到新的地方，他就覺得那是最好的釣場。可是，他又很快離開那裡，踏上台階，穿過柵欄，從一個牧場來到另一個牧場。

在炎炎的日照下，穿越廣大牧場的途中，他突然停下腳步。那邊，在一群悠閒躺臥的母牛之間，有一隻種牛慢吞吞地站了起來。

那是隻有名的牛，因爲他的體格實在太大了，路過的人看到都會嚇一跳。大家都從遠處讚嘆地望著他。萬一他使性子，雖然這種事從未發生，但恐怕他會把角當成弓，將放牛的人當成箭一般射到空中。他平常比小羊還溫馴，可是一有什麼不對，就會突然發起脾氣。如果有人在旁邊，不知道會吃到什麼苦頭。

釣魚人用眼角觀察牛的動靜。

他想著，如果我要逃走，可能還沒有跑出牧場，就會被那傢伙給追上。我不會游泳，跳進河裡一定會溺死。聽說如果躺在地上裝死，牛只會聞一聞身體，不會傷害人。眞是這樣嗎？如果那傢伙一直待在旁邊不走，那多可怕啊！乾脆假裝不知道好了。

釣魚人於是繼續釣魚，不把那隻牛當一回事。他想要藉這個方法瞞騙對方。

他的後頸在草帽下被烈日烤得微微作痛。

他硬是克制住想要狂奔的雙腳，故意慢慢踩著草行走，裝出勇敢的樣子，把青蠅餌浸在河裡面。

畢竟沒什麼好著急的呀？

那隻牛一點也沒有留意到他，還是留在母牛的旁邊。

那隻牛之所以會站起來是因爲太無聊，想要動一動身子，就像人類伸懶腰一樣。

牛把鬈毛腦袋轉到晚風的方向。

他瞇著眼睛，不時地哞叫一下。

慵懶地叫著，始終在聆聽自己的聲音。

2

女人們以這隻牛額頭上的鬈毛來分辨他。

3

「爲什麼一直盯著我看？」

「不用害怕，葛洛麗葉。他看得出來，妳是有教養的女人。」

水蠅

牧場中央就只有一棵橡樹。牛群把這棵樹的樹蔭全部佔領了。

他們低著頭，把角露出來嘲笑太陽。

只要沒有虻，感覺就很舒服。

可是，今天的虻卻緊追不捨。一大堆糾纏不清的黑色傢伙在眼睛、鼻孔，甚至嘴角上，一層煤似的聚在一起。青蠅還會挑選新的擦傷吸吮。

牛抖動他的皮圍裙，或是用蹄踱響乾土時，蠅雲就會嗡嗡地換地方，好像在發酵。

天氣眞是炎熱。老婆婆們在門口嗅到雷雨的徵兆，便顫顫巍巍地開起玩笑。

「要小心雷神哪！」

那邊光亮的槍矛一閃，無聲地劈開天空。一滴雨掉了下來。

牛群察覺到了，抬起頭來，把身體移到橡樹蔭邊，耐著性子吁吁喘氣。

他們明白，好蠅終於要來幫他們趕走壞蠅了。

好蠅起初是一滴、兩滴地下，後來就全部一起涮涮地從破成碎片的空中落下來攻擊敵軍。敵軍逐漸屈服，變得稀稀落落，最後就都退走了。

沒多久，牛群就變得濕漉漉的，從扁鼻子到不會磨損的尾巴，全身都沐浴在喜獲全勝而開始波動的大群水蠅中。

母馬

每個人都在收取乾草。倉庫從屋瓦以下都是滿滿的。男男女女都在趕工。天空不太對勁，割下的乾草萬一被雨淋濕，就沒有價值了。馬車一輛輛地跑開，一輛還在裝載，另一輛就由馬拉到農家。四周已經暗下來了，車輛卻還在不停地穿梭。

一隻母馬被綁在車轅上，一直在嘶叫。她是在回應呼叫著自己的小馬。小馬整天都在牧場裡，完全沒有吃奶。

母馬以爲工作一結束就可以回小馬那裡了，就用力拉著好像與她相連的項圈。這輛車停在倉庫的牆邊。車子從馬身上解開。母馬自由了，笨重地想要以快步跑到小馬伸著鼻子的柵欄那裡，卻被攔住了。她必須回去拉留在最後面的貨車。

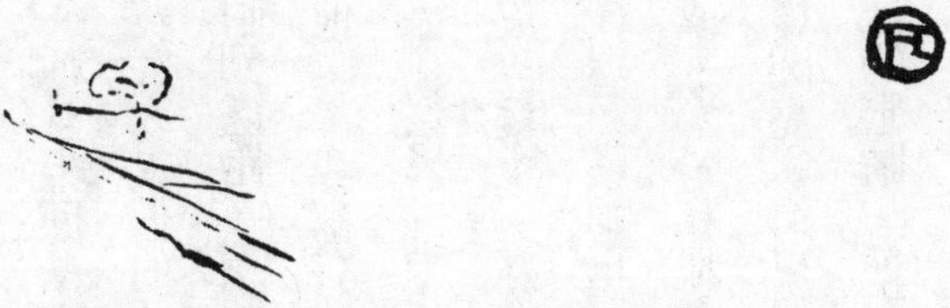

Le Cheval

公馬

我的馬並不漂亮。他身上凹凸不平，眼睛上方陷得太厲害。側腹扁平，尾巴跟老鼠一樣，而且有英國女人似的門牙。可是他令我感動。他一直都在爲我服務，毫不反抗地照著吩咐到處跑，讓我驚嘆不已。

每次用車子套住他時，我都有心理準備，這傢伙可能會突然顯出冷淡的態度，表示他的「不甘願」，然後一逃了之。

這種情況卻從來沒有發生。好像把脫掉的帽子再戴上去一樣，他的大腦袋會一上一下的，乖乖地後退，進到車轅之間。

因此不論是燕麥或玉米，我都會不吝惜地讓他吃個夠，而且細心地用刷子把他的毛刷得跟櫻桃一樣閃亮。還幫他梳鬃毛，編出細辮子。用手和聲音來撫慰他，用海綿擦拭他水汪汪的眼睛，還有爲他的腳上蠟。

他會感謝我這麼做嗎？

這方面是不得而知的。

他放屁。

我最佩服的是他在拉我乘坐的馬車時。我一抽鞭，他就加快腳步。一喊停，他就立刻把車停下。轡繩拉向左邊，他就會轉向左邊，而不會拐向右邊，用蹄子踢我的屁股，把我丟進水溝。

一看到他，我不是開始擔心，就是覺得難為情，或是可憐起他來。他會不會不久就會從睏倦中醒來，不管三七二十一搶了我的地位，把我貶到他的地位上呢？

他究竟在想什麼呢？

他老是在放屁。

L'Ane

驢子

1

他對什麼事情都不在意。每天早上，這隻驢子踩著公務員似的淡漠小碎步，把郵差雅各載在車上拉著走。雅各把各種受託在鎮上買的東西送到各村的人家，譬如香料、麵包、肉舖的肉、兩、三份報紙、信件等等。

繞了一圈送完以後，雅各和驢子就開始做自己家的事情。驢車頓時變成貨車，他們一同去葡萄園、樹林、馬鈴薯田。有時候是蔬菜，有時候是金雀花，依日子把這個或那個東西載回來。

雅各常常會不經意地叫著：「吁！吁！」這和打鼾沒什麼兩樣。有時候驢子會忽然想要嚐嚐薊草，就不肯走了。雅各就用一隻手摟著驢子的脖子趕他走，如果驢子還是不聽話，就咬驢子的耳朵。

他們在壕溝吃飯。主人吃麵包和洋蔥，驢子什麼都愛吃。

回家時已經是晚上了。兩個影子慢慢從一棵樹晃到另一棵樹。

四周寂靜得彷彿一切都泡在湖中酣睡，卻驀地遭到翻攪而破裂。

不知是哪戶人家的太太在這個時刻嘎吱轉動生鏽的轆轤，打起好幾桶滿滿的井水。

不，那是驢子在叫。他想要把水汲上來，而使盡力氣大叫，直到聲嘶力竭爲止。「就算聲音啞了，我也不在乎。有什麼好在乎的？」

2

長大了的兔子。

Le Cochon

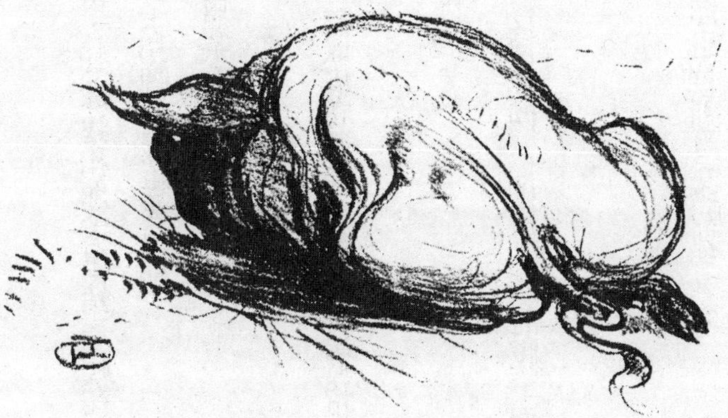

豬

雖然嘟嘟噥噥的，你還是和我很親密，好像我和你這隻豬一起在養豬（註1）一樣。你到哪裡都要拱鼻子，走路時，鼻子和腳一樣也要用到。

幸虧你的耳朵很像甜菜葉，可以遮住黑茶藨子似的小眼睛。

你有圓醋栗似的便便大肚。

你呀，和醋栗一樣生著長毛，和醋栗一樣皮膚泛紅，還有尖端卷起的短尾巴。

可是，壞心眼的人卻稱呼你：「髒豬！」

他們是這麼說的。你呀，雖然不討厭任何東西，卻被大家討厭，而且只想喝洗過碗盤的水。

可是那是惡意的抹黑。

那些人可以洗洗你的臉看看，即使是你也有副可愛的臉蛋。

你不修邊幅是那些人該負責。

人類給你舖什麼床，你就怎麼睡。邋遢不過是你的第二天性。

註1：在法語中，「一起養豬」也意指「關係親密」。

豬與珍珠

豬一被放到牧場上就開始吃，鼻子早已貼在地面上不肯離開。

他並不只是挑選上好的草，而是碰到什麼就吃什麼。就像鋤頭或盲眼鼴鼠的做法，不知疲倦的鼻子不顧一切地往前拱，全無章法。

肚子已經變成醃菜桶的形狀，卻還要拼命讓它變得更圓。不管是什麼樣的天氣，他都不介意。

剛才那硬毛在正午的太陽照射下，幾乎都要燒起來了，他也不放在心上。現在那夾著冰雹而鼓脹起來的厚重雲團擴展到牧場的上方，眼看著就要脹破了，他還是滿不在乎的！

看吧，喜雀上了發條似的飛遁而去，火雞躲到籬笆裡，天真無邪的小馬也跑到橡樹蔭下避難。

可是，豬還是繼續吃著，不肯移動。

他連少吃一口都不願意。

照舊氣定神閒地搖著尾巴。

不久之後，冰雹嘩啦啦地打上他的全身。直到這個時候他才嘟噥著：

「糾纏不清的傢伙，又把骯髒的珍珠打過來了！」

Le Moutons

羊

1

羊群從麥茬田回來。他們一早就在那裡把鼻子插在自己的影子中吃草。

羊群必備的狗聽從懶散牧人的指示，從正確的方向追趕羊群。

羊群佔據了整條路，夾在兩邊的水溝之間盪漾開來，從路上湧出。我才這麼覺得，他們就群擠在路上，變成軟綿綿的一團，以老婆婆般的碎步踩得地面震震響著。一旦跑起來，無數隻腳就發出蘆葦葉的窸窣聲，使得積在路上的塵土層跟蜂窩一樣到處都是洞。

這隻羊長著濃密的捲毛，彷彿圓圓的包裹被拋出似的跳了起來。這時，有幾塊耳垢從那喇叭型的耳朵裡面掉落下來。

另一個傢伙頭暈了，把昏昏沉沉的頭撞在膝蓋上。

羊群湧進入村子，好像今天是他們的節日似的，克制不住雀躍的心情，一邊咩咩大聲啼叫，一邊在街上緩步前進。

可是他們並沒有在村子裡停歇。在遠遠的另一邊，也出現了與他們的身形相同的雲。雲一直游移到地平線的地方，輕飄飄地朝著太陽滑上山坡。雖然要靠近太陽，卻在稍遠的地方打起盹來。

有幾片落後的雲來了，在空中畫出意想不到的最後形狀，混進毛線球一般渾圓的群體中。

這時又有一群羊毛狀的雲離了群，變成白沫在空中飄舞。不久就轉為煙霧，變成蒸氣，終於消失無蹤。

群體之外只剩下一隻腳了。

這隻腳伸得好長好長，無止無盡。紡錘似的，朝前端變細變尖。

這群羊很怕冷，圍著太陽睡覺。太陽工作累了，摘下冠冕，把光線插在羊毛中，直到明天來臨。

2

羊——咩……咩……咩……

牧羊犬——可是(註1)我不讓你說!

註1:「咩」在法語中和「可是」同音。

母山羊

沒有一個人會去看村公所牆上貼的公報。

有啦，山羊會去看。

他用後腳站起來，前腳搭在公佈欄的下面，晃動著角和鬍鬚，好像老婦人在閱讀著什麼，頭部左右搖擺。

看完以後，因爲這張紙有新漿糊的味道，所以一口吃掉它。

在村子裡，什麼東西都不能浪費。

Le Bouc

公山羊

他的騷味跑在前面。本尊還沒有看到，就先聞到氣味了。

他在群體中帶頭前進，母山羊跟在後面，亂糟糟的擠成一團，捲起了塵土雲。毛長長的，乾巴巴的。背上有一條線將毛分成兩邊。引以為傲的與其說是鬍鬚不如說是體格，因為說到鬍鬚，母山羊的下巴上也有。

有人會在他經過的時候捏著鼻子，但是也有人喜歡那股氣味。

他從不左顧右盼，尖耳短尾的他一逕往前走。人類會把自己的罪惡推到他身上（註1），可是這事他是不知道的。一本正經的，邊走還邊落下念珠串似的糞便。

他的名字是亞歷山大，連狗兒都知道。

結束了一天的工作，太陽一下山，他就和收割的漢子一道回村子。他的角因為年紀而彎曲，漸漸拱得好像鐮刀。

註1：古代的猶太教在贖罪日時，大祭司會讓一隻公羊承擔全以色列人民的罪，再把牠趕到荒野。

Les Lapins

兔子

在切成兩半的酒桶中，阿黑與阿灰的腳裹著暖呼呼的毛，跟母牛一樣吃著。雖然一天只吃一次飯，這頓飯卻是從早吃到晚。

如果一直拖延不餵新草，他們連舊草也可以啃到根部。不，連根都啃了起來。

不過，現在有一棵生菜掉到他們旁邊了。阿黑和阿灰便一起享用美食。鼻尖相對，頭不停地晃動，拼命地吃。耳朵不時地掠過地面。

終於吃到只剩下一片葉子了。他們各自銜起葉子的兩端，開始比賽速度。

他們沒有笑容，但是看起來好像是在玩耍。等到葉子吃完了，兄弟倆就互相愛撫，嘴對著嘴。

但是，阿灰卻突然覺得不舒服。他的肚子從昨天就脹了起來，好像水袋一樣鼓鼓的。其實是吃太多了。就算肚子不餓，吃下一片生菜葉應該也不成問題，他卻投降了。把葉子撇下，躺在自己的糞上，開始輕微地抽搐。

過沒不久，他的身體就僵在那裡，兩腳大開，一副可以用來當獵槍店廣告的模樣。「一射必中，彈無虛發」。

過了一會兒，阿黑驚愕地停止吃，像燭台一樣坐下來，輕輕地呼吸。他閉緊嘴唇，眼圈泛紅，定睛凝望。

彷彿在探尋死亡奧秘的魔法師。

兩隻豎直的耳朵好像時針一樣，告知同伴的死亡。

不久，耳朵垂下來了。

然後，他解決了那片生菜葉。

野兔

菲利普答應給我看巢穴裡的動物。可是這並不容易，需要具備經驗豐富的獵人眼睛。

我們穿過北方有小山丘保護的麥茬田（農夫們稱爲「空麥田」）。

野兔在早上進到巢穴裡避風。而到了午間風向改變時，也不離開巢穴，要在裡面待到晚上。

打獵時，我會望著狗、樹木、雲雀或天空，可是菲利普看的是地面。他不論是在上坡還是下坡，都會細看每一個壟溝。連一個小石頭、土塊他都不放過。他會去確認，那是不是野兔？

這次一定是野兔！

「要射嗎？」菲利普壓低聲音問我。

我轉過身。菲利普停住腳，眼睛盯著地面上的某一點，舉起槍，擺好姿勢。

「看得到嗎？」他說。

「哪裡？」

「看不到，可是那傢伙的眼睛不是在動嗎？」

「看不見。」

「你看，就在前面。」

「田壟上嗎？」

「對，可是不是前面那個，而是再過去的田壟。」

「我什麼都沒看到。」

揉一揉視線模糊的眼睛也沒有用。

菲利普因爲看到野兔而感動得臉色發青。他不斷地對我說：

「看到了嗎？到底有沒有看到？」

他的雙手在顫抖，擔心野兔會逃走。

「用你的槍指給我看。」我說。

「看，就在那裡，眼睛，那傢伙的眼睛就在槍口那裡！」

「啊！什麼也看不到。算了，菲利普，你用槍瞄準吧。」

我在菲利普後面站定，循著他的槍指的方向去看，還是沒看到！

我越來越煩躁了！

我看得到東西，可是那不是野兔，而是地面上的凸起，和麥茬田其他的土塊一樣是黃色的。我尋找野兔的眼睛。根本沒有眼睛。我定睛看去，還是無法跟菲利普這麼說：

「可以了，你射吧！」

狗原本跑遠了，又回到我們的身邊。因爲沒有風，無法聞到野兔的氣味，但是他隨時都有可能跳出來。菲利普小聲嚇唬狗，他一動就打他或是用腳踢他。

菲利普已經不跟我說話了。該做的他都做了，就等我自願放棄。

啊，那個黑眼珠，跟小葡萄乾一樣圓圓的、怯生生的野兔的眼睛到底在哪裡？

啊！看到了！

我射了一槍，野兔倒在巢穴外。頭碎掉了。這確實是我看到的野兔。我立刻就看到了這傢伙。我眼力不錯。我沒有被野兔的姿勢給騙了。我以爲他和小狗一樣捲成一團，所以在圓球中尋找他的眼睛。可是野兔在巢穴裡是伸長了身子，前腳併在一起，耳朵垂下來。他在挖洞，可是只有屁股在洞裡面，而且盡可能將身體拉得和麥茬一樣高，屁股在這裡，眼睛則遠在另一邊。而且我有一陣子慌了手腳。

「殺死洞裡面的野兔太卑鄙了，」我對菲利普說。「應該先用石頭丟他，讓他逃走，然後在與他賽跑的時候射他才對。反正他是逃不了的。」

「下次就這麼辦吧。」菲利普說。

「謝謝你讓我看到那傢伙。菲利普。像你這麼有眼力的獵人並不多。」

「我可不是誰都願意指給他看的。」菲利普說。

蜥蜴

1

自己從我倚靠的石牆縫裡生出來的兒子。這隻蜥蜴爬上我的肩膀。我還以爲他是牆壁的一部分，因爲他一直動也不動，而且穿著和牆壁同色的外套。儘管如此，我還是覺得有點得意。

2

牆——怎麼覺得背脊涼颼颼的。

蜥蜴——是我啦。

藍色蜥蜴

油漆未乾，請小心！

無毒蛇

到底這腹痛是從誰的肚子生下來的？（註1）

註1：法語「腹痛」也有「討厭的傢伙」的意思。

黃鼠狼

黃鼠狼雖然窮，卻乾淨整齊，斯文有禮。他在大馬路上跳來跳去，從一條溝到另一條溝，從一個洞到另一個洞登門授課。

刺蝟

1

「請好好擦一擦，你那個……」（註1）

2

「我是個壞蛋，你可得記住，敢把我惹火，我就給你好看。」

註1：法國建築物的入口常有告示牌寫著：「請擦擦鞋底」。門房希望刺蝟能擦擦腳，但因爲看不見他的腳，所以欲言又止。

蛇

1

太長了。（註1）

2

子午線的四分之一又千萬分之一。

註1：「太長了」形成短短的句子，令人玩味。

蚯蚓

這傢伙把身體拉得長長的躺下，好像高級的麵條。

青蛙

蛙群突然放鬆肌肉，讓彈簧起作用。
好像滾油珠濺開一樣，從草中跳了起來。
青銅鎮紙似的，端坐在寬闊的荷葉上。
其中有一隻張大嘴巴，把空氣吞進肚子裡。眞想把一個銅幣從那嘴裡丟進他肚子裡的存錢筒。
他們從水底的爛泥中浮上水面，彷彿在嘆氣。
靜止不動時，看起來好像浮在水面上的大眼睛，或是沼澤中的膿包。
盤坐著，茫然對著夕陽打呵欠。
然後，以報販在路邊高聲叫賣的口氣，宣告當日的熱門消息。
今晚他們家似乎要開派對。有沒有聽到他們洗杯子的聲音？
有時候他們會忽然攫住一隻蟲子。
有的傢伙只顧著情色之事。

每一個傢伙都足以勾起人釣魚的興致。

我折下樹枝，隨便做成一根釣竿。外套上別著一枚別針，我把它扭彎做成釣鉤。

沒有繩子可以當釣線。

可是，一截毛線什麼的就可以應付，我非得找到一片紅色的碎屑不可。（註1）

我在自己的身上、地面、空中找了一會兒。

什麼都沒有找到。我懷著空虛的心情盯著上衣的鈕扣孔。這個鈕扣孔早已開好了。但不是我要發牢騷，眼下哪有可能得到能別在那裡的紅色綬章。

註1：釣青蛙時，鉤子上掛著醒目的東西，青蛙就會以爲那是蟲子而撲上去。

Le Crapaud

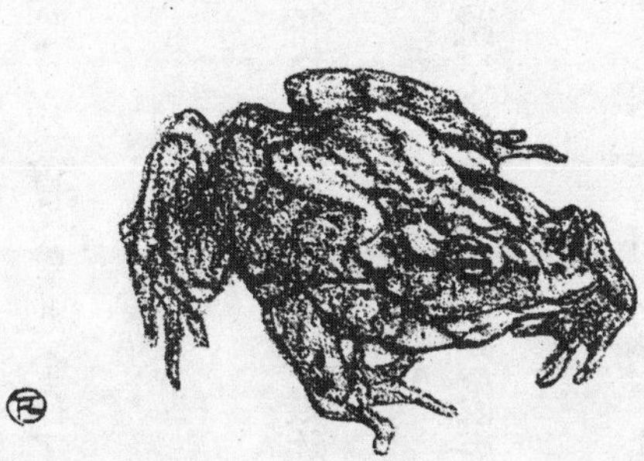

癩蛤蟆

他從石頭出生，棲身於石頭下，不久就會在石頭下挖掘他的墓穴。

我經常探視他的住處。而每次掀開石頭時，就會希望他不在了，或是希望他還在。

這傢伙還在。

藏在非常乾燥、清潔、狹窄的專用棲所裡。好像吝嗇鬼鼓脹的錢包，佔滿了整個空間。

被雨水引出時，他會來迎接我。笨重地跳了兩、三次，然後用泛紅的眼睛凝視著我。

沒有見識的人把他當痲瘋病患一般對待，可是我可以滿不在乎地蹲在他的旁邊，用我人類的臉去湊近他。

然後，忍受著有點不快的感覺，用我的手去撫摸你耶，癩蛤蟆！

人類在這世界上遇到的事更加噁心、痛苦。

我卻在今天做了件失禮的事。看到他時，他的疙瘩好像都潰爛了，身上噗噗冒著泡沫，因爲汁液而濕答答的。

「喂，你呀。」我說。

「我不是有意要讓你難過，可是，天哪，你這樣子可眞醜！」

這時，癩蛤蟆張開他與小孩一樣沒有牙齒，總是吐出熱氣的嘴巴，帶著一點英語口音回答說：

「那你呢？」

蚱蜢

這傢伙算得上是蟲類的憲兵嗎？

他整天跳來跳去，拼命追逐無形的盜獵者，卻一無所獲。

再怎麼高的草叢，也不能擋住他。

他什麼都不怕，因爲他穿著一躍七里的鞋子，還有公牛那種脖子、天才似的頭腦，船底一般的肚子，賽璐珞製的羽毛，以及惡魔的角。他的屁股上還掛著一根長長的軍刀。

憲兵的工作很威風，從事這種工作的人無一例外的都有一些壞毛病，老實說，蚱蜢就有嚼菸草的壞毛病。

你不信的話，用手指追捕他看看。要捉他很難，簡直就像是在和他玩佔地盤的遊戲。如果你趁著他跳躍的空檔，在苜蓿葉上捉住他，可以看看這傢伙的嘴巴。他那大顎看起來就很可怕，而且有菸草汁似的黑色泡沫從那裡滲出來。

可是，在說這些話的時候，你已經抓不住他了。他會猛然想要跳走。這隻綠色的怪物突然鼓起全身的力氣，掙脫你的手。而這脆弱的怪物身體可以拆卸，可能會在你的手中留下一片小小的翅膀。

蟋蟀

到了這個時刻，這隻長得好像黑人，走了一大圈而筋疲力盡的蟲子散步回來，開始費心整理自己亂七八糟的屋子。

首先是用耙子撫平鋪沙的狹小出入口。

再用鋸子砍樹，製造鋸屑，用來灑在這所隱寓的入口。那邊巨大的草經常會擋道，所以要用銼刀切除。休息片刻。

隨後他爲自己豆粒般的懷錶上發條。

時間到了嗎？還是錶壞了？再靜靜休息一會兒。

他進到家中，關上門。

有很長一段時間，他把鑰匙插進精巧的門鎖中轉動。

然後，靜耳聆聽。

外面的動靜一點都不需要憂慮。

可是還是放不下心。

於是他好像乘著嘎嘎響的滑輪移動似的，下到大地的底部。

已經什麼都聽不見了。

在寂靜無聲的草原上，有幾棵手指頭似的白楊樹並排聳立，遙指著月亮。

蟑螂

黑黝黝的緊貼在上面，眞像鑰匙孔。

螢火蟲

1

出了什麼事了？已經晚上九點了，那小子的屋子還亮著燈。

2

在草上棲息的一縷月光！

L'Araignée

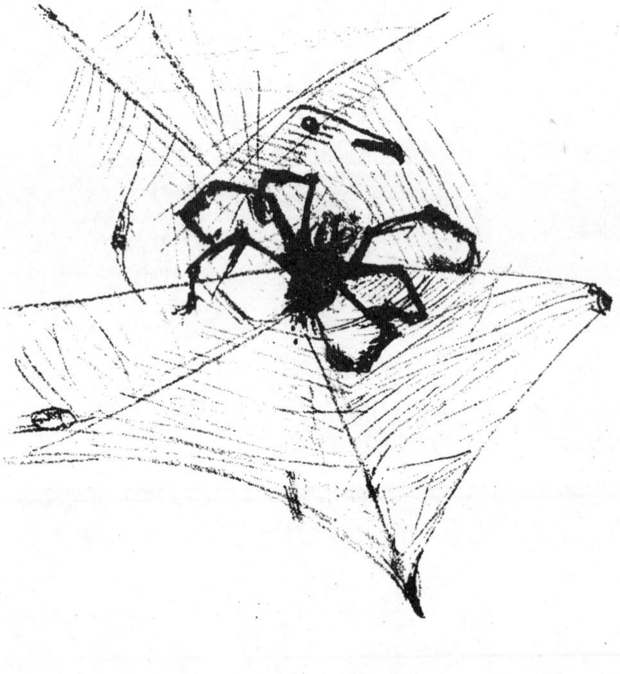

蜘蛛

1

緊揪著頭髮，黑漆漆、毛茸茸的小手。

2

奉了月亮的的命令，整晚都在到處貼封條。

金龜子

1
不合時令的芽冒出來，從七葉樹上飛起。

2
比空氣還重，也不太會掌舵，頑固地嘀咕著。儘管如此，還是用巧克力做的翅膀抵達了目的地。

螞蟻

每一隻都和數字3很像。
而且，還有！還有！
有3333333333……無限隻。

螞蟻與小鵪鴣

一隻螞蟻掉到雨後的車轍中，快要溺死了。剛好這時有隻小鵪鴣在那裡喝水，就用嘴巴把他銜起來，救了他的命。

「我總有一天會報恩。」螞蟻說。

「現在又不是拉封丹（註1）的時代。」持懷疑主義的小鵪鴣說。「我不是說你會忘恩負義，可是你要怎麼去咬想要殺我的獵人腳跟呢！如今的獵人都不光著腳走路了。」

螞蟻不多爭辯，急著去追同伴。同伴都好像用線穿起來的黑珍珠，沿著同一條路走。

但是，獵人離得相當近。

他側躺在樹蔭下休息，看到那隻小鵪鴣在麥茬田中踩著碎步啄東西吃，就站起來，想要射擊。

右手臂卻在這時發麻，癢得好像有螞蟻在爬，怎麼也無法對把槍對準。他於是無力地垂下手臂。
當然，那隻小鷦鴣並不會在那裡等獵人的手麻消失。

註1：拉封丹所著的《寓言故事》中有一則溺水被救起的螞蟻報恩故事。

L'Escargot

蝸牛

1

在感冒肆虐的季節，蝸牛縮著長頸鹿一般的脖子，鼻塞似的哼哼生著悶氣。等天氣變好了，他就立刻出去蹓躂。可是他只能用舌頭走路。

2

我的小朋友亞貝爾經常收集蝸牛玩。

他用罐子養了許多隻，爲了分辨哪隻是哪隻，還細心地用鉛筆在殼上標註號碼。

在很乾燥的日子裡，蝸牛在罐子裡睡覺。一到下雨的時候，亞貝爾就把他們全都放出來排列。但是，如果雨一直都不下，就要灑一壺水，讓他們醒來。據亞貝爾說，除了在罐子底下孵卵的母親，其他的都會出來散步，由一隻叫做巴貝爾的狗在一旁護衛。這隻狗是用薄鉛板做的，由亞貝爾的指頭推著前進。

亞貝爾在描述他馴養蝸牛時的辛苦事時，我注意到他每次跟我回答「是」的時候，頭都會搖著說「不是」。

「阿貝爾，爲什麼你的頭要往左右搖晃呢？」我問他。

「因爲有糖啊。」

「什麼糖？」

「你看，就在這裡。」

亞貝爾趴下來，剛好在他把快要和同伴失散的八號送回來時，我看到他的皮膚和襯衫之間，有一塊糖像獎章一樣用線穿起，掛在脖子上。

「這東西是媽媽綁的，」亞貝爾說，「爲了處罰我做錯事。」

「很不舒服吧？」

「會磨擦。」

「刺刺的很痛吧？都變紅了。」

「可是如果媽媽說可以原諒我了，」亞貝爾說，「我就可以把它吃掉。」

毛蟲

從爲他擋住烈日的草叢中爬出來，穿過凹凸不平的沙子路。前進時要注意不要在中途停下，但是掉進園丁的木鞋腳印中時，他有一陣子以爲自己迷路了。

來到草莓那裡，先休息片刻，鼻尖往左右抬起來嗅一嗅，再開始走。來到了葉子的內側和外側，就很清楚要往哪裡走了。

好漂亮的毛毛蟲啊！圓滾滾，毛茸茸的，彷彿披著毛皮，褐色的身上有金色的斑點。再加上漆黑的眼睛！

他靠著嗅覺前進，濃眉似的一動一縮。

他在薔薇樹根上停下。

以隨身攜帶的細鉤摩擦粗糙的樹皮。晃著初生小狗似的腦袋，下定決心爬上去。

這回他顯得很吃力，好像在吞著一口一口的苦水，沿路爬到頂上。

薔薇樹梢開著一朵花，顏色彷似清純的少女。花朵散放著大量的香氣，令毛蟲陶醉。這朵花對誰都不提防。只要來了，即使是毛蟲，也任由他爬上花莖。彷彿接受禮物似的，歡喜地迎接。

今晚大概會很冷吧，毛蟲愉快地把毛皮圍巾繞在脖子上。

跳蚤

一撮裝有彈簧的菸草。

蝴蝶

對折的情書在尋找花的地址。

馬蜂

老是這麼飛來飛去的，難得的柳腰會變得不成樣喔！

蜻蜓

正在治療眼疾。

在河的兩岸之間飛來飛去，不時把浮腫的眼睛泡在冰冷的水中。

發出嘰嘰的叫聲，好像靠著電力飛行。

松鼠

1

那是冠毛耶！冠毛耶！對啊，果然很漂亮。可是，你是不是插錯地方了？

2

松鼠俐落地點著秋燈，尾巴在樹葉下面時隱時現，彷彿小小的火把。

Le Souris

老鼠

我在燈光下寫著每日的文稿時，聽到窸窸窣窣的聲音。一停筆，聲音就停下來了。但是再提筆時，聲音就立刻響起。

有一隻老鼠醒過來了。

陰暗的置物櫃中放著傭人的抹布和刷子，他應該是在裡面的洞緣來來去去。不久，他跑下來，在廚房的磨石地上忙碌地穿梭。從爐灶邊繞到流理台下，在餐盤中消失蹤影，然後又不斷地往更遠的地方偵察，逐漸來到我的身邊。

我每次放下筆，老鼠似乎就會對這股靜寂感到不安。我一動筆，他就好像有同伴在場似的放下心來。

不久，我看不見他了。原來是鑽到桌子底下，就在我兩腳之間，在椅子腳中亂竄。他掠過我所穿的木鞋，多次啃起木質鞋面，我才剛發現，他就厚著臉皮跳到鞋子上來！

這樣子我不能移動腳，或是發出太大的聲音，不然他會一溜煙跑掉。

說是這麼說，我卻不能停下來不寫。如果老鼠離開我了，我擔心又會和平常一樣得獨自一人嚐著無聊的滋味，只好一筆一畫地寫著標點符號和無謂的字句，就像那傢伙一點一點地乾啃一樣。

猴子

去看猴子吧（無藥可救的頑皮小鬼，連褲襠都撕破了！）。他們什麼地方都要爬上去，在日光下活蹦亂跳、發脾氣、在全身抓癢，剝下各種東西的皮，以一種原始的風情喝水。另一方面，眼睛有時候也會混濁無神，但是那只是一時的，還是會釋放出一閃即逝的光芒。

去看紅鶴吧。他們深怕泉水沾濕了玫瑰色的襯裙，踩著鑷子似的腳走路。天鵝具有鉛藝品般裝模作樣的嘴巴，而鴕鳥的翅膀彷似鴨子，頭上的帽子好像責任重大的站長戴的。經常在聳肩的鸛鳥（後來才知道那個動作沒什麼意義）、穿著寒磣禮服而怕冷的非洲鶴、披著長披風的企鵝、鳥喙好像舉著木製軍刀的塘鵝、還有鸚鵡。即使是學到最多把戲的鸚鵡，也比不上動物園的管理員，因爲管理員總是會從我們的手中拿走一個十蘇的銀幣。

去看那渾身蓄滿史前時代思想的犛牛。長頸鹿從鐵欄柵上方窺探好像插在槍矛尖上的腦袋。象駝著背，鼻頭低垂，拖著帆布鞋，在門前走動。他的身體差不多都被好像短褲一直拉到上面的袋子藏起來了，後面還懸著一小段繩子。

也不要忘了去看豪豬。他的身體插滿了筆桿，而這些筆桿對當事者或他的情人來說，都是非常礙事的。斑馬也別忘了看。這傢伙的衣服是同類仿照裁製的樣本。豹子跳到自己的床腳下。熊呢，我們看了覺得好玩，他自己卻一點也不覺得好玩。還有正在打呵欠，令我們也想打起呵欠的的獅子。

Le Cerf

鹿

我從那條路的一頭走進森林時，那傢伙從路的另一頭來了。

起先我還以爲有陌生人在頭上頂著一棵樹。

可是我很快就看出那棵樹小小的，枝幹擴張，上面連一片葉子也沒有。

鹿終於清楚地顯現，我們雙方都停下腳步。

我對鹿說：

「過來呀，沒什麼好怕的。我帶槍是爲了不想讓人看我兩手空空，也只是在模仿認眞打獵的人。這東西一次也沒有用過，彈匣一直都收在抽屜裡。」

鹿懷疑地傾聽我說話。我話一說完，他就一點都不猶豫了。四隻腳的動作好像草梗在一陣風中交錯飄離。那傢伙逃走了。

「眞是可惜！」我對那傢伙大叫。「我原本還想著和你結伴同行呢。我會親手拿你愛吃的草餵你，而你會以散步的步伐慢慢走著，而且讓我把槍擱在你的樹枝角上啊。」

鉤魚

1

他逆著清流游動，沿著小石子前進。鉤魚不喜歡河底的爛泥和水草。

我在河底的沙上看到一個玻璃瓶，瓶子裡只裝滿了水。我故意把餌放進去。鉤魚在瓶子四周繞圈圈，尋找入口。才一下子，他就鑽進裡頭了。

我從水中撈起瓶子，把鉤魚放掉。

上游傳來什麼聲音。鉤魚不僅沒有逃走，反而起了好奇心靠了過來。我在魚網旁邊半好玩地踩水，用釣竿攪著河底。鉤魚這傢伙還真頑固，想要穿過網眼，結果被網住了。

撩起網子，把鉤魚放掉。

下游有東西拽緊我的釣線，雙色的浮標沉入水中。

拉起來一看，又是那傢伙。

我解下釣鉤，把他放掉。

這回該不會又抓到他了。

這小子在我腳下清澈的水中動也不動。我可以清楚看見他鼓脹的腦袋、傻愣愣的大眼睛和兩條鬍鬚。

嘴唇裂開，嘴巴半開著。由於之前過於興奮，還氣喘吁吁的。

可是這傢伙眞不懂得記取教訓。

我留著剛才的蚯蚓，放下釣線。

鉤魚立刻就來咬了。

這傢伙和我到底誰會先認輸呢？

2

魚兒們確實不想上鉤。說起來，他們並不知道今天是釣魚的解禁日！

白斑狗魚（註1）

在柳樹蔭下動也不動。他們是年邁的山賊藏在側腹上的匕首。

註1：主要棲息在歐洲的淡水魚，身體細長，大嘴上有銳利的牙齒。

鯨魚

做緊身衣的材料確實就在嘴巴裡，怎麼還會有那樣的腰圍……！

魚

維爾內並不是難以伺候的釣客，也就是說，他不會假裝無所不知，也不會愛慕虛榮、饒舌或驕傲自大。他沒有釣魚用的特別衣服、價格昂貴卻沒什麼用的器具，而且就算是解禁日的前一晚，他也不會大肆宣傳。一條捻好的釣線就已足夠。再加上顏色不起眼的浮標、從自家院子挖來的蚯蚓，還有裝魚回家的布袋。儘管如此，維爾內熱愛釣魚。說熱愛或許是過頭了，可是他非常喜歡釣魚。基於種種原因，接二連三辭去原本喜歡的各種工作之後，他現在愛做的事情也只有釣魚而已。

只要一解禁，他就幾乎每天從早到晚，而且在同一個地方釣魚。其他的釣客都很注意日照的情況、水的狀態是否有微妙的差異等等事情，維爾內卻一點都不在乎。手拿著榛木頭釣竿，想出門就出門，沿著雍納河走，走到不想走了，就停下來。把釣線解開，放下來，就這樣在回家吃中餐或晚餐的時間來臨之前享受快樂的時光。維爾內不是夢想家，不會爲了釣魚而在外面將就塡飽肚子。

上個星期日他也是像這樣來到河邊。畢竟是解禁的第一天，他有點心急，一早就來了，坐的不是折疊椅，而是草地。

他一來，就開始充分享受。他心想，今天早上好美。這不只是可以釣魚的關係，也因爲呼吸到清爽的空氣，看著閃閃發光的雍納河，眼睛追著好幾隻長腳水黽在水面上跑，背後也傳來蟋蟀啼叫的聲音。

釣魚確實很有意思。

過沒多久，他就釣到了一隻魚。

對維爾內來說，這不是很重要，反正到目前爲止，已經釣過許多魚了！他並不會一心只想捉魚。他這個人釣不到魚也沒有關係，但如果一直有魚過來吃餌，他也不能不把魚從水中拉起。這時維爾內都會懷著稍許的感動將魚拉起來，這一點從他每次裝新餌時手指都會顫抖就可以知道。

維爾內打開袋子之前，先將鉤魚放在草上。可別說：「什麼！只是隻鉤魚啊！」這是隻會劇烈抖動釣線，令釣客的心臟好像在觀看悲劇一樣怦怦作響的巨大鉤魚。

維爾內鎮定下來，再度把釣線拋進水中。至於鉤魚，他並不把他裝進袋子裡，也不知道爲什麼（他無法說明原因），就一直看著鉤魚。

他這輩子第一次這麼盯著自己釣上來的魚。平常他都會趕快拋下釣線去抓下一隻魚，因爲他認爲魚兒們等的就是釣線。可是今天他卻一直盯著鉤魚。起初覺得很新鮮，接著嚇了一跳，然後就有點可怕了。

鉤魚跳了幾次以後就累了，躺下來不動。因爲可以清楚看到他在拼命呼吸，只能知道他還活著。

鰭緊貼在背上，下唇有兩條柔軟的小鬍似的鬍鬚裝飾，嘴巴開開闔闔。不久呼吸變得很痛苦，終於連要闔上雙顎都很困難了。

「好奇怪。」維爾內說，「這傢伙窒息了！」

他接著又說：

「爲什麼這麼痛苦啊！」

這出乎意料的事實是顯而易見的新發現。沒錯，魚死的時候是痛苦的。剛開始很難相信，因爲魚兒們並沒有這麼說。他們怎麼也不會開口說話。他們是沉默的。對，確實是沉默的。而有時當臨終的痛苦緩和下來時，這隻鉤魚看起來好像還在玩！

若不像維爾內這樣在偶然之間仔細端詳，就無法看到魚死掉的情形。這種事不去想就不覺得重要，可是這一想就……

「我知道自己的眞面目了，我眞是個可惡的人。」維爾內自言自語著。

「我覺得自己一旦開始在意，就會去徹底思考這個問題，即使要抗拒保持理性的誘惑也沒用。即使擔心會變成笑柄，也無法讓我打消念頭。打獵的下一件事就是釣魚了！那一天我去打獵，照例犯下那種罪之後，我就問了我的良心。你有什麼權利這麼做？答案已經出來了。誰都可以立即看出，把鷓鴣的翅膀、野兔的腳折斷是不好的事。那天晚上，我就把槍掛在牆上，發誓再也不殺他們了。可是這回連不像打獵那麼血腥的釣魚也令我厭惡起來。」

維爾內說著，看著釣線的浮標在水上移動，好像它是動物一樣，也好像在考慮果眞能夠停止釣魚嗎？他機械性地再一次拉上來，是鰭直立著、帶刺的鱸魚科的魚。他和同伴一樣貪吃，把釣鉤吞進肚子裡。要將鉤釣從肉裡面拔出來，就要撕開紅色蕾絲一般的鰓，手自然會變得黏答答的。

啊！這小子在流血，在出聲控訴！

維爾內捲起釣線，雖然可能會被水獺找到，還是把兩隻魚藏在柳樹根下，就此離開。

他這個人算是開朗的，卻邊走邊沉思。

「我沒有話可以辯解。」他想著，「打獵以後，儘管可以用錢買到其他的肉，我還是會把獵物吃掉。獵物可以滋養身體。我不會只是爲了消遣而取走他們的性命。可是，我把幾隻僵硬、乾巴巴的，連叫老婆煮給我吃都不好意思說的魚帶回來時，老婆卻咯咯笑著。實際吃進肚子裡的是貓！貓這傢伙眞想吃的話，大可以自己去釣啊！我要把這根釣竿折斷！」

可是，維爾內仍然把斷成許多截的釣竿拿在手上，有點難過地喃喃說著：

「這樣子就可以變聰明嗎？還是會失去活著的感覺？」

庭院裡

鋤頭——努力挖地，其他的就交給上帝吧。

鶴嘴鋤——我也是抱著這種態度。

花——今天會出太陽嗎？

向日葵——沒問題，只要我願意。

噴嘴壺——哦，等等！如果我願意，就會下雨。而且如果取下蓮蓬頭，還會下傾盆下雨哩。

薔薇樹——哎呀，好大的風！

支架——有我在呢。

木莓——爲什麼薔薇要長刺呢？薔薇花又不能吃。

魚塘裡的鯉魚——就是啊！我的骨頭會刺人，也是因爲人要吃我的關係。

薊草——說的也是。可是，那時已經來不及了。

薔薇花——你覺得我漂亮嗎？

黃蜂——我得看看裙子裡面。

薔薇花——那就進來吧。

蜜蜂——我會努力的！大家都說我是拼命三郎，這個月底我可能會升蜂窩主任呢。

紫羅蘭——我們都得到學術勳章了（註1）。

白紫羅蘭——所以呀，姊妹們，我們要更謙虛才對。（註2）

韭菜——沒錯。我可沒有驕傲自大。（註3）

菠菜——酸模就是我。

酸模——不對，我才是酸模。（註4）

分蔥——哎呀，好臭！

大蒜——一定就是康乃馨那傢伙。

蘆荀——要隱瞞也沒用，全都寫在臉上了。（註5）

馬鈴薯——我已經生下好幾個小孩了。

蘋果樹——（跟對面的梨樹說）對了，你長的梨子，你那梨子，梨子……我想要長的就是你那種梨子。（註6）

註1：學術勳章有一部分是紫色。
註2：紫羅蘭的花語是「謙虛」。
註3：農業功勞章俗稱「韭菜」，其實沒什麼價值。
註4：這兩種植物的葉子很像。Oseille（酸模）另有「金錢」的意思，所以菠菜想要當酸模。
註5：原文直譯是「我的小指頭什麼都會告訴我」，這是叫小孩不要隱瞞（全都寫在臉上）時說的話。作者用蘆荀來比擬小指頭。
註6：一般認爲梨子比蘋果甜，所以蘋果樹很羨慕梨子樹。據說這句話是模擬當時流行的流行歌詞。

麗春花

在麥田中，彷彿一個小小的士兵，鮮豔奪目。可是，紅的遠比穿軍服的好看，而且不危險。

麥穗是他們的劍。

風一吹，他們就好像在奔跑似的。可是每一朵麗春花都是一高興起來就在壟溝邊和女同鄉矢車菊聊得忘了時間。

葡萄園

每棵都有支架撐著，好像持長槍的士兵。
究竟是在等誰呢？偉大的將軍今年還不會蒞臨（註1），你的葉子也只能用在雕像上（註2）。

註1：raisin（偉大的將軍）一般是「葡萄」的意思，暗指「還不會長葡萄」。
註2：雕像的性器通常是用葡萄葉來遮掩。

蝙蝠

夜在每日的使用中逐漸磨損。

在星星閃爍的高空，一點都不會磨損。就像拖到地上的袍子，磨損的地方是小石子與小石子之間或樹木之間。至於不衛生的隧道裡頭、潮濕的地下室深處，也是會磨損的。

沒有一個地方是夜幕進不去的。這塊布幕會被草木的刺棘割破，因寒冷而迸裂，而且被污泥弄髒。每天早上，當夜升空消失時，破爛的布塊就會勾到各種東西，而化成碎片掉落。

蝙蝠就是這樣出生的。

正因爲是以這種方式出生的，叫做蝙蝠的傢伙無法忍受白日的強光。

太陽下山，我們可以納涼時，原本在昏睡狀態，用一隻腳懸著的蝙蝠就會從舊樑上剝離，振翅高飛。

看到那笨拙的飛行模樣，我們就擔心起來。他們以彷彿撐著鯨魚骨的無毛翅膀在我們四周旋繞。他們飛行時，耳朵比起受了傷似的毫無用處的眼睛有用多了。
我的女友掩著臉，我則是側著臉，生怕被骯髒的東西撞到。
根據傳言，蝙蝠這種傢伙吸血時比人類的戀情還要熱烈，甚至會令人喪命。
多麼誇張的說法啊！
蝙蝠並不兇惡。他們絕不會碰觸人的身體。
因爲是從黑夜生出來的，他們只是討厭亮光而已。看到蠟燭的火焰，就會用他們小小的晦氣的披肩碰一下，把火弄熄。

沒有鳥的鳥籠

菲利克斯無法理解爲什麼有人要把鳥關在籠子裡。

他說：「摘花是不對的事，不是嗎？除非是長在花莖上，否則我是不會想要聞花香的。同樣的，鳥本來就是要飛的。」

說是這麼說，他卻買了個鳥籠，吊在自己房間的窗邊。裡面擺著用綿花做的巢、裝著粟米的小碟子，也放進經常可以更換清水的茶杯。還掛上鞦韆和小鏡子。

有人驚訝地詢問時，他就會回答：

「每次看到這個鳥籠，我就會很高興自己心胸寬大。明明我可以關進一隻鳥，卻讓籠子空著。只要我想要，大可以把褐色的斑鶇、盛裝打扮而跳來跳去的灰鶯，或是法國各種各樣的鳥兒中的某一隻當成籠中的奴隸，可是多虧了我，他們之中至少有一隻可以保持自由。光是這樣就很不錯了。」

金絲雀

我是著了什麼魔了，才會把這種鳥買回來？

鳥店的人跟我說：「這隻鳥是公的，等一個禮拜習慣了，就會開始鳴叫。」

可是鳥很倔強，一直默不作聲，而且所做所爲都很不像樣。

給他的鳥食罐裝滿粟米，他就會馬上用鳥喙把粟米灑得到處都是。

用繩子把餅乾掛在籠頂的橫木上，他竟然只吃繩子，用那鐵槌似的鳥喙又啄又扯的，讓餅乾掉下來。

他用乾淨的水沖澡，喝浴盆中的水。想排便就排，兩個地方都被糞弄髒。

餵他吃點心，他竟以爲那是金絲雀築巢用的現成泥漿，而本能地蹲在上面。

不僅如此，他不曉得生菜是可以吃的，只是好玩地把它撕碎。他認眞地想要把粟米香進去的情形，眞是令人同情。鳥食在喙裡面滾來滾去，他又擠又壓的，好像沒牙的老人，不時地晃動腦袋。

拿一點方糖餵他，他理都不理。那是掉出來的石頭嗎，還是什麼派不上用場的陽台或桌子？

金絲雀最喜歡的東西還是棲木。棲木有兩根，上下兩根呈十字重疊。我看到這隻鳥蹦蹦跳跳的，就會覺得難過。那模樣就像不準時的擺鐘那種沒用的機械。到底那樣子的跳法有什麼好玩，又爲什麼一定要那樣跳來跳去呢？

做完這種陰鬱的體操休息時，他會用單腳緊握著一根棲木，另一隻腳則無意識地在同一根木頭上一握再握。

到了冬天，一在暖爐上生火，他就誤以爲換毛的春天到了，很快就脫下了羽毛。

我明亮的燈打攪了這隻鳥的夜晚，使他的睡眠時間亂七八糟。

他會在傍晚時入眠。我任由鳥四周的黑暗逐漸變濃。他是不是在做夢？我突然拿著燈靠近鳥籠，鳥猛然睜開眼睛。什麼！已經天亮了嗎？他馬上開始活動，跳一跳，把葉子啄得到處都是洞。尾巴像扇子一般打開，翅膀也伸展開來。

可是我過一會兒就把燈吹熄了。很可惜看不到鳥困惑的模樣。

不久之後，我就對這隻顚三倒四、不唱歌的鳥感到厭煩，於是讓他從窗戶逃了出去。……可是就像沒有用的鳥籠，自由的天地也是沒什麼用處，他遲早會被某個人逮到。

但是，可別想送還給我！

我根本無意提供謝禮。不僅如此，我可能還會一口咬定，從沒有見過這隻鳥。

蒼頭燕雀

倉庫屋頂的角落有一隻黃鸝在唱歌，隔著規律的停頓，不斷地重複父母傳下來的旋律。我一直凝視著那傢伙，視線逐漸模糊，到最後連鳥兒和堅固的倉庫都無法分辨了。倉庫的石塊、乾草、大樑、草屋頂等等的生命都從那個鳥喙中跑出來。

與其這麼說，不如說是倉庫本身在用口哨吹著小曲子。

金翅雀的巢

院子裡的櫻花樹叉枝上有個漂亮的金翅雀巢。這是個精巧渾圓的鳥巢，外側全是毛，裡面都是絨毛。有四隻鶵鳥剛剛孵出來。我對父親說：

「我想把小鳥抓下來自己養養看。」

父親之前就經常跟我說，把鳥關進鳥籠裡是罪過。可是這時他或許是厭倦了一成不變的說教，並沒有用什麼話來回答我。過了兩、三天，我又對父親說：

「要做的話，很簡單，先把鳥巢放進籠子裡，再把籠子綁在櫻花樹上。這麼一來，母鳥會從籠子的縫隙中餵小鳥。小鳥長大以後，母鳥就會離開了。」

對於這個做法，父親也沒有表示任何意見。

因爲這樣子，我把鳥巢放進籠子裡，再將籠子安放在櫻花樹上。事情的發展和我的預想一樣。老金翅雀們一點沒有懈怠，不斷啣著滿嘴的蟲子給小鳥吃。父親和我一樣覺得很有趣，遠遠看著鳥父母花枝招展地穿梭，血紅色和硫磺似的黃色漫天飛舞。

一天傍晚，我說：

「小鳥已經長得夠大了。如果放開他們，一定會飛走。最後一個晚上就讓他們一家團聚吧。等到明天，我就要把籠子帶回家裡，吊在我房間的窗戶上。爸，你說是不是，世界上受到這麼好的照顧的金翅雀可沒有那麼多。」

父親並沒有出聲反對。

第二天，看看鳥籠，竟然是空的。父親就在旁邊，看著我驚訝的神情。

「我不是在問你，」我說，「我只是想知道，到底是哪個笨蛋把鳥籠的門打開了！」

黑枕黃鸝

我對他說：

「馬上把櫻桃還給我。」

「好啊，」黃鸝回答。

櫻桃還給我了。可是除了櫻桃之外，他整年吃進去的三十萬隻害蟲的幼蟲也一併還來了。

麻雀

我坐在院子的榛樹下，靜耳傾聽忘記警戒的樹木動員葉片、昆蟲和小鳥們所發出的聲響。

我一靠近，樹木就死了一般沉默，而一認爲我們已經不在那裡了，就立刻活了過來，開始出聲。這是因爲我們和他們一樣默不作聲。

有隻金翅雀來了，從一棵榛樹飛到另一棵榛樹，多次用喙去啄葉子，沒有注意到我就飛走了，然後一隻麻雀飛到我頭頂的樹枝上停下。

他雖然已經離巢，但年紀應該還很小。他的腳緊扣著樹枝，好像已經飛得很累，不想再動了，幼小的喙啾啾叫著。麻雀看不到我，我卻盯著他看了很久。後來我不得不動一下身體。可是即使動了身體，麻雀也只是稍微伸展翅膀，然後就不畏懼地闔攏。

不知道爲什麼，我不禁站起身，把手伸出來，用嘴尖啾啾地叫喚麻雀。

麻雀竟然笨拙地從樹枝飛到我的手指上！

我好感動，好像一個男人向來不知道自己具有魅力，又好像不知爲什麼向陌生的女子微笑，對方也回以一笑，而陷入沉思。

完全信任的麻雀在我的指尖鼓翅保持平衡，他的喙在等著吞進任何餵給他的東西。

大家看了一定會嚇一跳，我正想著要給家人看看這隻麻雀時，隔壁的小男生拉渥爾好像在找東西似的跑了過來。

「啊！叔叔，那是你抓到的嗎？」他說。

「是啊，孩子，叔叔會捉麻雀呢！」

「這傢伙是從我的籠子跑出來的，」拉渥爾說。「我從早上就在找他。」

「什麼呀，這傢伙是你的？」

「是的，叔叔。我從一個禮拜以前就在養他了。這傢伙是第一次飛這麼遠，可是很親近人。」

「好，麻雀拿去吧，拉渥爾。可別再讓他逃了。不然的話，叔叔會把這傢伙勒死，因爲看到他，我就會覺得有點可怕！」

燕子

1

燕子們每天都幫我上那堂課。

他們發出小小的啁啾聲，在空中畫出點線。

直線畫出來了，正想著他們最後要打上逗號了吧，他們卻突然換行。

畫出大得無法形容的括弧，把我家圍起來。

那速度連院子的池水都映照不出他們的影子，從地窖邊一直衝到閣樓的高度。

他們把輕飄的羽翼當成了筆，一圈又一圈地轉動，形成誰也無法模仿的畫押。

接著，他們雙雙對對擁抱，夾在大夥之間，在青空留下墨跡。

可是眞的能夠追上她們影姿的只有一個朋友的眼睛。各位看得懂希臘文或拉丁文，我則是懂得在煙囪上築巢的燕子寫在空中的希伯來文。

2

蒼頭燕雀——燕子這傢伙還眞蠢，把煙囪當成了樹。

蝙蝠——不管別人怎麼說，那傢伙和我相比，飛得不好的是那傢伙。連大白天他也會認錯路。如果跟我一樣在晚上飛，他隨時都有可能死掉。

3

我面前有十幾隻屁股白白的燕子，在狹小得跟雞棚一樣的地方，一副憂心忡忡的樣子，默默地交錯飛繞，好像眼前就放著一台時間緊迫的女工快手織布的機器。

他們一邊讓四周的空氣變成充滿小洞的篩子，一邊瘋了似的飛來飛去，到底是在找什麼呢？躲藏的地方嗎？還是在跟我說再見？我動也不動地品嚐清爽的微風，同時戰戰兢兢地等待這群鳥中有兩隻相撞。可是他們太厲害了，令我大失所望。連一件意外事件都沒有發生，他們就突然消失不見了。

喜鵲

1

喜鵲的羽毛總是殘留著一點去年的冬雪。

雙腳併攏，在地面上蹦蹦跳跳，然後朝著一根樹枝，和平常一樣機械似的筆直飛上去。

喜鵲有時候也會沒瞄準，只能停在目標樹木隔壁的樹上。

這種鳥很平凡，由於備受大家的輕視，大概會永遠在歷史上留名。他們一早就穿起燕尾服，一天到晚喋喋不休。那一身燕尾服的模樣令人作嘔，卻是最像法國鳥的鳥。

2

喜鵲——咯咯咯咯咯咯。

青蛙——到底是在講什麼啊？

喜鵲——我不是在講話，我是在唱歌。

青蛙——呱！（註1）

地鼠——安靜點，上面的傢伙！這麼吵，我怎麼談公事啊！

註1：couac不僅是模擬青蛙呱叫，也有「走調」的意思。

烏鶇

1

我家院子裡有一棵快要枯死的老核桃樹，小鳥都害怕這棵樹，不在上面築巢。唯有一隻黑色的鳥住在殘留的葉叢中。

可是院子其他地方立著許多開花的年輕樹木，顏色各異，開朗活潑的小鳥都在上面築巢。

這些年輕樹木似乎瞧不起老核桃樹，好像在說著嘲諷的話似的，不停地往核桃樹那裡投擲愛說話的小鳥群。

麻雀、翠鳥、山雀、燕雀們輪流停駐，捉弄著這棵樹，用翅膀戮樹枝尖。空氣因爲小鳥尖細的高吭啼鳴而發出爆裂聲。這一群終於輕快飛起，又一幫吵鬧的傢伙從年輕的樹上飛過來。

小鳥們極盡所能折磨核桃樹，嘰嘰喳喳地出聲取笑。

像這樣子從黎明到日落，好像在譏嘲怒罵，燕雀、山雀、翠鳥、麻雀們從年輕的樹上飛起，朝著那棵核桃樹飛去。

可是，有時候核桃樹也會按奈不住，而搖動殘餘的葉子，讓那隻黑色的鳥飛起來，回他們一句：

「見鬼去吧！」（註1）

2

樫鳥——每次看到你都穿著喪服，眞是討厭！

烏鶇——副首長，我就只有這一套衣服啊。

註1：法音與「烏鶇」相似。

鸚鵡

好厲害！在動物們不說話的時代，這小子的確有兩把刷子。可是這年頭，什麼動物都有說話的才能。（註1）

註1：「動物」在法語中也有「傻瓜」的意思。

雲雀

1

我從來沒有見過雲雀。即使與黎明同時起身去尋找也沒有用，因爲雲雀不是地上的鳥。

今天我一早就踩著泥土和枯草，到處走動。

一群群灰色的麻雀，以及顏色鮮艷好像剛塗上油漆的金翅雀在荊棘籬笆上晃蕩。

樫鳥穿著禮服，在樹木之間巡繞檢閱。

一隻鵪鶉掠過苜蓿田上方，呈直線飛去。

牧羊人比女人更靈巧地打著毛線，羊兒們慢慢地跟在後面，每隻羊看起來都一樣。

由於所有一切都浸漬在新鮮的光亮中，連只會通知惡耗的烏鴉看到了，也不禁泛起微笑。

可是，最好跟我一樣豎起耳朵靜靜聆聽。

有沒有聽見從某個高處傳來，在金杯中搗著水晶碎片的聲音？

有誰能夠告訴我，雲雀是在哪裡歌唱？

凝望著天空時，眼睛差點被陽光給烤焦了。

非放棄想見到雲雀的念頭不可。

雲雀住在天界。

而在天界的鳥中，只有這種鳥的叫聲能夠傳到我們的地方。

2

雲雀又掉下來了。在太陽的視線中，再度伸著脖子，爛醉如泥。

翠鳥

今天傍晚，魚沒有上鉤。可是我卻釣到難得體驗到的感動。
我一將釣竿拿出來，就有一隻翠鳥飛過來，停在竿子上。
沒有一隻鳥的顏色會比這一隻鮮艷。
好像長莖梢開著一大朵青色的花。他的重量把釣竿壓彎了。我摒住呼吸，想到
竟然被翠鳥誤以爲是樹，就非常得意，。
他確實不是因爲害怕才從釣竿上飛起來的。他會飛走一定只是想從一根樹枝飛
到另一根樹枝上。

L'Epervier

雀鷹

他起先在村子的上空畫圈圈。

只是一隻蒼蠅、一粒煤屑般的大小。

隨著畫的圓越來越小，他的身子就越來越大。

他有時候會在空中停住不動。院子裡的鳥開始有擔心的跡象。鴿子回到屋頂下，一隻母雞喧聲大叫，要小雞回來。也可以聽見從不疏於警戒的鵝群從家禽所在的這邊院子一直嘎嘎響到那邊的院子。

雀鷹遲疑著，在同樣的高度飛舞。他的目標可能只是鐘樓的公雞。

簡直就像是被一條線吊在空中。

線突然斷了，雀鷹掉落下來。獵物決定好了。這是下界發生悲劇的時刻。

可是，令大家驚訝的是，他好像重量不足似的，在抵達地面之前，就陡然停住，搧了搧翅膀，又飛了起來。

他看到了。我在家門口窺看他的動靜，背後藏著什麼會閃亮的長東西。

鸝鴒

在地面上跑的次數和飛行差不多。總是愛親近人，在我們的雙腳之間穿梭。可是，要捉住他很難。他會發出細小的叫聲，好像在說，踩得到我的尾巴就踩吧。

松鴉

草原的副首長。

烏鴉

1

壟溝上的開口音符。（註1）

2

「嘎？嘎？嘎？」（註2）

「沒什麼。」

3

好幾隻烏鴉越過沒有一個補綴的青空。忽然帶頭的那一隻慢下速度，畫了個大圓圈。其他的烏鴉也在後面開始旋轉。好像在路上覺得無聊，而一同跳起了圓舞。翅膀像裙襬一樣繃得緊緊的，似乎在炫耀他們有多時髦。

不曉得會有哪一隻鳥發生不幸。

……一隻烏鴉如此預告。

我拿起獵槍，射殺了那隻烏鴉。

這小子的預告一點都沒錯。

註1：法語母音字上的記號。

註2：quoi既像烏鴉的叫聲，也有「什麼」的意思。

鷓鴣

鷓鴣和農夫，一個推動犁車，一個住在隔壁的苜蓿田裡，離得很開，互不干涉，和平地過日子。鷓鴣知道農夫的聲音，聽到對方吆喝叫罵也不害怕。犁車嘎嘎響著、牛發出咳嗽聲或是驢子啼叫時，他都知道那沒什麼關係。

在我去攪亂之前，一切都維持著這般的和平。

話說我一來，鷓鴣就飛了起來，農夫變得心神不寧，牛和驢子也慌了。我砰地開槍。由於一個搗蛋的男人所製造的爆炸聲，旁邊整個大自然都混亂起來。

我先是在麥茬田中搜尋那些鷓鴣，然後在苜蓿田中、牧場裡、籬笆邊、森林突出的地方，還有……各種地方狩獵。

接著，我突然渾身是汗地停住腳步，大叫道：

「啊！好孤僻的傢伙！讓我跑了那麼多地方！」

遠遠地望過去，牧場正中央有一棵樹，樹根上有什麼東西。

我走近籬笆，隔著籬笆窺探。

有一個鳥頭好像豎立在那樹蔭下。我的心立刻怦怦跳了起來。那草叢裡面一定有鷓鴣。母鳥聽到我的腳步聲時，總是會照例發出信號，叫小孩們貼伏在地上，同時放低自己的身體，只把頭伸得直直的四處張望。我卻猶豫不決，因為那個頭並沒有在動，萬一搞錯了，就要誤射樹根了。

樹的周圍散布著黃色的斑點，很像鷓鴣，也很像泥巴，我的眼睛都看花了。

如果去追趕鷓鴣，因為有樹枝阻擋，不能在他們飛起來的時候射擊。與其這樣，不如瞄準地面發射，採取狩獵專家所謂的「暗殺」手法。

可是很像鷓鴣頭的東西依然動也不動。

我窺探良久。

如果那真的是鷓鴣，那沉著不動的警戒姿態就太令人佩服了。而且其他每一隻也都很聽話，不愧是這個警衛的小孩。連一隻都沒有動。

我改採矇混法，藏在離笆後面，暫時不去看。因為只要我看著鷓鴣，他也會看著我。

好了，雙方都看不見對方了。四周一片靜寂。

不久，我又探頭去看。

啊！這次是千眞萬確的！鷓鴣以爲我離開了。頭伸得比之前還要高，那快速縮回的動作是不會錯的。

我立刻把槍托抵在肩上。……

晚上，身體疲倦，肚子吃得飽飽的。進入大獵之日的甜蜜夢鄉之前，我想起整天都在尋獵的鷓鴣，想像他們今晚會怎麼過。

鷓鴣一定急瘋了。

爲什麼有些同伴沒有在點名時集合呢？

爲什麼有些鳥痛苦地用喙啄自己的傷，而且不能站穩呢？

爲什麼人類會開始讓所有鷓鴣遭到這麼恐怖的事？

現在不論要不要在哪個地方停下來，都會有看守的鷓鴣發出警報，這時就必須立刻飛起來離開草原或是麥荏田。

一年到頭都只是在四處逃竄。連聽習慣的聲音也會心驚膽跳。

再也沒有心思遊玩了。東西吃不下，覺也睡不著。

鳥兒們根本不知道到底是怎麼了。

即使有受傷的鷓鴣從空中掉下羽毛，插在這個傲慢的獵人帽子上，我也不會覺得奇怪。

雨下太久、乾旱嚴重、我狗兒的鼻子不中用、子彈沒有射準，或是無法接近鷓鴣時，我的良心就會覺得有正當防衛的權利。

有些自負的獵人並不理睬喜鵲、樫鳥、松鴉、烏鶇等等類，而我也有我的堅持！

除了鷓鴣之外，我什麼鳥都不獵！

他們實在是機靈透頂！

要披露他們的厲害，首先是還沒有靠近就飛走了。不過別讓他們逃了，給他們一個教訓。

還有會讓獵人從身邊走過。可是因爲他們會迅速從背後飛起，使獵人回轉過頭。

還有會躲在長而茂密的苜蓿田裡。可是這時候獵人可以直接走過去，輕輕鬆鬆地襲擊他們的窩。

還有會在飛行時突然改變方向。可是也因爲這樣，而縮短彼此的距離。

還有經常會停止飛行，改用跑的。他們跑得比人還快，可是有狗在。

還有被追得分散開來時，他們會互相呼叫。可是這樣子也會把獵人叫來。而對獵人來說，沒有比鷓鴣的叫聲更悅耳的了。

這對年輕的鳥夫妻離開父母，開始獨立生活了。我有一天傍晚在田邊突襲他們。他們正可以說是比翼雙飛，殺死其中一隻的子彈讓另一隻跟著墜落。一隻已經什麼都看不見，什麼都感覺不到了。可是另一隻還有時間看到妻子的屍體，也還能在旁邊感覺到自己即將死去。

這兩隻在地上同一個地方留下些許愛情、些許的血和五六、片羽毛。

獵人啊，你使出了一槍兩鳥的絕技。快點回家，把這番本領講給家人聽吧。

去年出生的兩隻親鳥，亦即孵出的鷓鳥都被殺死的那一對，恩愛的程度並不遜於年輕的鳥。每次看到時，他們都在一起。雖然他們很擅長迴避我，我也不會努力去獵捕他們。殺死其中一隻純粹是偶然，我又去找另一隻。只因爲起了善心，想要讓他們一同喪命！

有一隻斷了腳，無力地垂落，好像是我用線去拉他，而把他捉住的。

另一隻起初是跟著同伴飛起來，翅膀卻突然不聽使喚，而跌下來，在地上跑著。在狗前面，半身輕快地從壟溝中探出來，以全速逃走。

另一隻被鉛彈打中頭部，因而脫離同夥，頭輕飄飄地飛上天空，比樹木還高，比鐘樓的公雞還高，朝著太陽飛上去。獵人懷著緊張的心情看著他逐漸消失蹤影。這時，鳥兒終於承受不了頭部的重量，拍拍翅膀，在遠處掉落，喙好像箭矢一般插進地面。

另一隻就像是在訓練狗時往他的鼻尖扔過去的碎布，沒有叫一聲就掉下來了。

另一隻還以爲已經擊中了，卻像小船一樣左右搖晃，再翻了個跟斗。

另一隻不知道爲什麼死了。傷口藏在翅膀下看不見。

另一隻被我迅速地塞進口袋，好像害怕被自己和別人看到。

可是，一直都死不了的傢伙就得勒死他。他被我的手指勒著，爪子在空中豎起，鳥喙張開，細小的舌頭顫動不已。借荷馬的話來說，就是眼睛蒙上了死亡陰影。

在另一邊，有農夫聽到我的槍聲，抬起頭來，盯著我看。

那是個通曉事理、工作勤快的人。他有意過來跟我講話，想要用嚴厲的聲音責備我。

可是，實際上並不是。有時候那是無法跟我一樣去狩獵而懷恨或羨慕的農夫，有時候則是覺得我做的事情很有趣，而告訴我鷓鴣逃往何處的好心農夫。

從來沒有遇到過義憤塡膺的自然詮釋者。

今天早上，我繞了五個小時，最後還是步入歸途。肩上背著空空的獵物袋，垂著頭，感覺到槍枝的沉重，以及下雨之前的悶熱。我的狗也精疲力盡，在我面前慢吞吞地沿著籬笆走著，不時坐在樹蔭下等我趕上。

我經過綠油油的苜蓿田。忽然狗與其說是停下腳步，不如說是伏在地上，通知我有獵物。那停住的模樣眞是果斷，植物似的動也不動，只有尾巴尖的毛在顫動。鼻頭指著鷓鴣的所在。果眞在那裡。他們避開風和陽光，互相依偎著。鷓鴣看得到狗，也看得到我。也許他們認得我，既不害怕，也不飛走。

原本無精打采的我恢復了精神，做好準備等著。

狗和我都不想比鳥先行動。

突然，鷓鴣們一同飛了起來，依舊緊靠在一起，合爲一體。我好像要給那團東西一拳似的射出一槍。有一隻被射中，不停地旋轉。狗撲上去，把血淋淋的碎布似的，已爛了一半的鷓鴣銜回來。另一半被拳頭打掉了。

好，出發！終於不是空手而回了！狗高興得跳來跳去，我也得意地擺動身體。

啊！當然這樣的我應該在屁股上挨一槍才對！

丘鷸

1

四月的太陽已經沉落，只在好像抵達目的地似的靜止不動的雲四周，暈染著薔薇色的微光。

夜從地面上升起，逐漸將我們包圍。我們在林中的狹小空地上，父親正在等待丘鷸。

我雖然站在父親旁邊，卻只能看清楚他的臉。父親的個子比我高，因此幾乎看不見我。狗吁吁喘著氣，雖然就在腳邊，我們根本看不見他。

鶇類的鳥急著回到森林。烏鶇在森林裡用喉音啼叫，那馬嘶般的叫聲是在對小鳥們下令說，該睡覺了，不准再出聲說話。

丘鷸不久就會從枯葉中的隱居處飛出來吧。像今晚這麼溫暖，應該會花點時間才抵達平地。他會在森林的上空兜圈子，尋找女伴。從那隱約的叫聲就可以知道，他是要飛過來還是飛過去。他笨重地飛行，在粗大的橡樹之間穿梭。他的長嘴垂得很低，一副拄著小拐杖在空中漫步的模樣。

我靜耳聆聽，注意四面八方時，突然父親放了一槍。狗立刻衝上前去，父親卻沒有跟在後面追。

「沒打中嗎？」我問道。

「我沒有發射，」他說，「只是拿在手上，子彈就跑出來了。」

「自己跑出來？」

「是啊。」

「咦！……一定是勾到樹枝了。」

「嗯，不曉得。」

我聽見他取出空彈匣的聲音。

「你是怎麼拿的？」

他不明白我詢問的意思嗎？

「我是問你槍口是對著哪個方向？」

他不再回答，我也不想再追問了。可是，我最後還是說了。

「搞不好會射死……狗。」

「回家吧。」父親說。

2

今天傍晚，下過毛毛雨之後，剛好心情變開朗了。我在五點左右離開家門，來到森林，踩在落葉上一直散步到日落。

狗在雜樹林中，一邊比平常更忙碌地跑來跑去，一邊跟著我往前走。他是在聞丘鷸的氣味嗎？

這是無關痛癢的事，畢竟這個獵人是詩人。

射擊丘鷸的短暫時刻來臨時，他總是會迫不及待地走到森林空地邊的樹根上坐下。每次有鶇類或烏鶇飛過來時，他就會心浮氣躁。槍身沉不住氣，一直動來動去。一有聲音，就會嚇一跳！還會耳鳴，視線模糊。可是射擊的機會轉瞬即逝。

……這時已經來不及了。

今晚丘鷸應該不會飛起來了。

詩人，可不能在這裡睡覺！

回去吧，回家。天色已暗，要走捷徑。踩爛柔軟的鼴鼠窩，穿越潮濕的牧場，回到你溫暖而明亮的家。你又沒有捉到丘鷸，不需要覺得良心上過意不去。——如果你沒有事先考慮到捉不到的情況，而預留一隻在家裡的話！

樹木家族

越過烈日烘烤的原野，就可以見到他們了。

他們不住在路邊，因爲太吵鬧了。他們住在還未開墾的原野，只有小鳥知道的泉水邊。

遠遠望過去，他們之間好像沒有插入的餘地，可是來到旁邊就會發現樹幹的間隔很寬。他們抱著戒心歡迎我，我可以在樹蔭下休息，恢復體力。可是，他們似乎都目光炯炯地提防著我。

他們全家住在一起，最年長的在中間，才冒出兩片葉子的小孩散佈在四周，過著絕不分開的生活。

他們的壽命相當長，而且死了之後，仍然會爲了守護家人而繼續挺立，直到朽爛倒下爲止。

如同盲人，他們用長枝輕觸彼此，以確定家人都在那裡。如果風呼呼地吹刮，想要把他們連根拔起，他們就會氣沖沖地不斷擺動身體和手。可是家人之間並不會爭吵，只會融洽地細細低語。

我覺得他們才是我眞正的家人。如果是我的家人，恐怕很快就遺忘了。這些樹木應該會慢慢讓我加入他們的家庭。爲了有資格加入，我正在學習必須懂得的事情。

我已經學會仰視流雲。

也能夠靜靜不動。

還可以盡量做到噤聲不語了。

獵期結束

這是烏雲密布，頭尾都被切掉似的寒傖、短暫的一天。午時，板著臉的太陽爲了衝破濃霧露出臉來，微微睜開一隻沒有生氣的眼睛，但是很快就閤上了。

我漫無目的地走著。平日使用的獵槍已經派不上用場，而平常都會拼命亂跑的狗也不離開我的身邊。

河水清澈得幾乎令眼睛發痛。如果把指頭插進去，恐怕會像破裂的窗玻璃一樣把手指割破。

在麥茬田，每走一步就會飛出一隻原本靜靜不動的雲雀。他們聚在一起，一圈圈地飛。可是那振動的翅膀根本無法攪亂凍結的空氣。至於另一邊，烏鴉像教團一樣成群結隊，用鳥喙掘起秋天播下的種子。

我看見三隻鷓鴣在牧場的正中央起身。由於草變短了，遮不住他們。

長得好大了！已經可以獨當一面了。他們面露不安，一直豎著耳朵。那模樣我看得清清楚楚。可是我沒有打攪他們，就此走開。一隻正在打顫的兔子鬆了一口氣，或許正在從窩邊探出鼻子。

沿著這片籬笆（隨地都是葉子，其中有一片如同腳被捉住的小鳥一般拍著翅膀）走著，看到一隻烏鶇。我每次靠近他都會逃開，躲到更遠的地方。不久又突然從狗的鼻尖那裡飛起來，然後在安全的地方嘲笑我和狗。

霧越來越濃，有迷路的感覺。到了這個地步，雙手拿的獵槍雖然還有爆發力，卻只有拐杖的功用。不知從哪裡傳來的，那隱隱約約的聲音，是羊的咩咩聲、鐘聲、人的叫聲？

該回家了。我沿著看不清楚的道路回到村裡。只有村民知道這個村子的名字。這裡住著樸實的老百姓。除了我，沒有人會去探望他們。

新月

月的指甲變長了。

太陽消失了蹤影。看看那邊，還殘留著月亮。卑屈地忍著，一言不發地跟著太陽。

月亮又準時地升上來了。這男的以被黑夜勒得喘不過氣的心情等著，看到月亮時實在太高興了，以至於忘了要跟月亮說的話。

一大片白雲慢慢飄向滿月，就像熊會走向蜜蜂窩一樣。

做夢的詩人拼命瞧著滿月，可是月亮沒有指針，什麼時間都顯示不出來。再怎麼看也顯示不出來。

男人忽然著慌。遙遠的月亮帶走了他心中埋藏的秘密。月亮的耳朵尖還可以在地平線上看到。

※作者與家族成員在故鄉的合照（攝於1907年）。

國家圖書館出版品預行編目資料

動物私密語／朱爾．勒納爾（*Jules Lenard*）◎
著.——初版.——臺中市：晨星，2005〔民94〕
譯自：*Histoires Naturelles*
面；　　公分.——（自然公園；71）

ISBN 957-455-851-7(平裝)

876.6　　　　94006708

自然公園 71

動物私密語

作者　朱爾．勒納爾
總編輯　林 美 蘭
文字編輯　楊 嘉 殷
內頁設計　李 靜 佩
發行人　陳 銘 民
發行所　晨星出版有限公司
台中市407工業區30路1號
TEL：(04)23595820　　FAX：(04)23597123
E-mail:service@morningstar.com.tw
http://www.morningstar.com.tw
行政院新聞局局版台業字第2500號
法律顧問　甘 龍 強 律師
製作　知文企業(股)公司　TEL：(04)23591803
初版　西元2005年05月30日
總經銷　知己圖書股份有限公司
郵政劃撥：15060393
〈台北公司〉台北市106羅斯福路二段79號4F之9
TEL:(02)23672044　FAX:(02)23635741
〈台中公司〉台中市407工業區30路1號
TEL:(04)23595819　FAX:(04)23597123

定價 200 元
（缺頁或破損的書，請寄回更換）
ISBN-957-455-851-7
Published by Morning Star Publishing Inc.
Printed in Taiwan

◆讀者回函卡◆

讀者資料：

姓名：________________ 性別：□ 男 □ 女

生日： ／ ／ 身分證字號：________________

地址：□□□________________________________

聯絡電話： （公司） （家中）

E-mail ________________________________

職業：□ 學生 □ 教師 □ 內勤職員 □ 家庭主婦
□ SOHO族 □ 企業主管 □ 服務業 □ 製造業
□ 醫藥護理 □ 軍警 □ 資訊業 □ 銷售業務
□ 其他________________

購買書名：________________________________

您從哪裡得知本書： □ 書店 □ 報紙廣告 □ 雜誌廣告 □ 親友介紹
□ 海報 □ 廣播 □ 其他：________________

您對本書評價：（請填代號 1. 非常滿意 2. 滿意 3. 尚可 4. 再改進）

封面設計________ 版面編排________ 內容________ 文／譯筆________

您的閱讀嗜好：

□ 哲學 □ 心理學 □ 宗教 □ 自然生態 □ 流行趨勢 □ 醫療保健
□ 財經企管 □ 史地 □ 傳記 □ 文學 □ 散文 □ 原住民
□ 小說 □ 親子叢書 □ 休閒旅遊 □ 其他________________

信用卡訂購單（要購書的讀者請填以下資料）

書名	數量	金額	書名	數量	金額

□VISA □JCB □萬事達卡 □運通卡 □聯合信用卡

- 卡號：________________ •信用卡有效期限：________年________月
- 訂購總金額：________________元 •身分證字號：________________
- 持卡人簽名：________________（與信用卡簽名同）
- 訂購日期：________年________月________日

填妥本單請直接郵寄回本社或傳真(04)23597123

請填妥後對折裝訂，直接投郵即可，免貼郵票。

廣告回函
台灣中區郵政管理局
登記證第267號
免貼郵票

407

台中市工業區30路1號

晨星出版有限公司

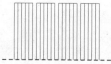

請沿虛線摺下裝訂，謝謝！

更方便的購書方式：

(1) 信用卡訂閱　填妥「信用卡訂購單」，傳真至本公司。
　　　　　　　或　填妥「信用卡訂購單」，郵寄至本公司。

(2) 郵政劃撥　帳戶：知己圖書股份有限公司　帳號：15060393
在通信欄中塡明叢書編號、書名、定價及總金額即可。

(3) 通　　信　填妥訂購人資料，連同支票寄回。

◉如需更詳細的書目，可來電或來函索取。

◉購買單本以上9折優待，5本以上85折優待，10本以上8折優待。

◉訂購3本以下如需掛號請另付掛號費30元。

◉服務專線：(04)23595819-231　FAX：(04)23597123

E-mail:itmt@morningstar.com.tw